I0615354

Freiherr von Hofmann

Des Freiherrn von Hofmann Abhandlung über die Eisenhütten

Zweiter Teil

Freiherr von Hofmann

Des Freiherrn von Hofmann Abhandlung über die Eisenhütten
Zweiter Teil

ISBN/EAN: 9783741193392

Hergestellt in Europa, USA, Kanada, Australien, Japan

Cover: Foto ©Andreas Hilbeck / pixelio.de

Manufactured and distributed by brebook publishing software
(www.brebook.com)

Freiherr von Hofmann

Des Freiherrn von Hofmann Abhandlung über die Eisenhütten

Des
Freyherrn von Hofmann
Abhandlung
über die
Eisenhütten.

Zweyter Theil.

Nebst einem
Anhang
mancher wichtigen und lehrreichen auch unbekannten neueren
metallurgisch-mineralogisch und politischen Nachrichten.

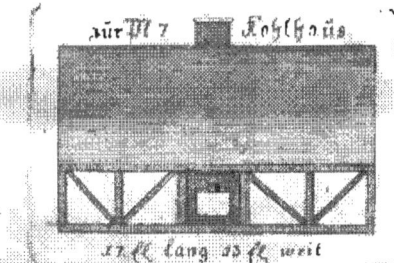

Neue Auflage. Mit Kupfern.

Hof,
bey Gottfried Adolph Grau 1794.

Vorrede.

Daß das Publicum meine Abhandlung über die Eisenhütten, die im vorigen Jahre heraus gekommen ist, nicht übel aufgenommen hat, muß ich daraus abnehmen, da die ganze Auflage bereits vergriffen ist, und mein Herr Verleger mich angehet, eine zweyte Auflage mit einiger Erweiterung zu verstärken.

Ich selbst kann nicht anders als rühmlichst sagen, daß verschiedene Fürsten und Herren, als z. B. der Herr Churfürst zu Bayern und Pfalz ꝛc. Churf. Durchl. des Hrn. Marggrafen zu Anspach Hochf. Durchl. und andere der Kürze halber nicht anzuführende Hohe Fürsten und andere Standesperso, nen, denen ich diese Abhandlung, als ein Zeichen meiner Devotion zugesendet, nach denen dießfals erhaltenen Schreiben, solches nicht ungnädig aufgenom, men haben. Ein einziger Hochwürdigster Fürst und Herr hat nicht die Höflichkeit gehabt mir darauf zu antworten, welches nun mich weiter, da ich weder um Geld noch Präsente schreibe, sondern bloß der Welt nützlich seyn will, nicht hypochondrisch macht.

Die erste Abhandlung zu erweitern gehet um deswillen nicht an, weil dadurch die ganze Connexion zerrissen würde. Ich habe dahero geglaubt eine Fortsetzung dieser Abhandlung, und eine ungeänderte neue Auflage würden

dem

dem Publico eben auch nicht mißfallen, und dieſer Fortſetzung habe ich zu
gleich verſchiedene andere aus ächten Quellen geſchöpfte und von mir als An
genzeng·n meiſt verhandelte metallurgiſche und mineralogiſche auch politiſche
Nachrichten angehängt, die ich nicht gerne der Vergeſſenheit aufgeopfert
ſehen wollte; ſind ſie nicht iedem, ſo ſind ſie doch einigen intereſſant und flieſ
ten vielleicht noch manches Gute — Die Verſchiedenheit der Gegenſtände
macht vielmaln das Angenehme im Leſen, dahero habe ich mich an keine
Ordnung gebunden; Sollte auch dieſe Fortſetzung nicht mißfallen, ſo werde
ich weiter fortfahren, wie denn auch iezt ſchon meine acadeiniſchen Vorle
ſungen gewidmete Anfangsgründe des Berg- und Hüttenweſens unter der
Preſſe ſind — Die Ausgaben iedes Staats ſteigen von 20. zu 20. Jahren,
ihre Finanzſyſtemen haben faſt wenig oder gar keine neue Revenüen mehr,
und wenn der Finanzier ſonſt Soldat war und iezt Negotiant iſt, ſo glau
be ich — die Epoche kommt auch noch — wo er Berg und Hüttenmann
werden wird — Wenigſtens wenn alle andere Staatseinkünfte läſtig ſind,
ſo iſt dieſe die unſchuldigſte — Mancher groſſer Staat ſucht auswärts Mil
lionen mit ſechs und acht Procent Koſten, und weiß nicht, daß er ſelbſt
Schäze der Natur in ſeinem Staat hat, die ihm dieſe Summen ohne Wie
dergeben nach und nach liefern könnten — Mancher Fürſt — Geiſtlich und
Weltlich — würde mehr wohl thun können, wenn er dieſe Quellen auffu
chen ließe, und wie viel Wüſteneyen würden durch ſolche Anſtalten in Cultur
kommen. — Wir dürfen nur auf die Entſtehung faſt aller Bergſtädte zu
rück gehen. —

Innhalt.

Innhalt.

Etwas

Von Erbauung eines hohen Ofens.

Daß die Erbauung eines hohen Ofens, besonders in Ansehung seiner Dauer, ein Hauptumstand bey Eisenhütten ausmacht, lehret die tägliche Erfahrung, und ich verdiene ganz mit Recht, daß man mir in verschiedenen Briefen den Vorwurf macht, daß ich dessen Bau nicht ausführlicher beschrieben habe, da auf dem hohen Ofen alles ankommt, und ein Liebhaber, der Eisenhütten entweder erst anlegen, oder vermehren will, für allen gern wissen will, wie er seinen Ofen anlegen soll, damit er nicht unglücklich sey. Man hat hohe Oefen nach verschiedener Bauart, je nachdem der Bauherr, oder auch wohl Arbeiter, denket und handelt.

Wir wollen jetzo also nur einen beschreiben und voraussetzen, daß dessen Quadrat 24. Fuß 8. Zoll, seine Höhe aber 24. Fuß seyn soll; der Grundriß ist in der Anlage sub A. ganz ohngekünstelt zu sehen, und das Maaß ist Rheinländisch, als das bekannteste. Man denke sich also eine solche Fläche, dessen innwendiger Raum, unten auf der Sohle, zwischen

A   4 bis 5

4 bis 5. Fuß Höhe ein länglich Viereck und von da pyramidalisch, bis kaum
3. Fuß auf der Gicht auslaufe, als
Fuß Zoll
7. — Länge, nemlich, von Tümpel bis Wasserseite
6. 6. Breite von der Form bis Windseite, und
3. — oben in der Gicht in Circul habe.
    Diesen Cörper zu erbauen ist viele Accuratesse in Ansehung
    seiner Maaßen nöthig; solche werden nun am besten ein-
    getheilet, wenn ich sage, der Ofen ist
14. 8. in Quadrat, dessen Hälfte
12. 4. ausmacht. Wenn ich nun annehme, daß die Breite des obigen
    Raums auch
5. 3. hat, so bleibet für das Mauerwerk übrig
9' 1".

    Diese 9. Fuß und 1. Zoll ist nun einzutheilen nöthig, weil ein
    hoher Ofen gemeiniglich ein dreyfaches Gemäuer erfordert,
    als Mantelmauer, Futter oder rauhe Schacht und Kern-
    Schacht.
    Wann ich nun zur Stärke des Mantels
5. - 6. nehme
— 6. Füllung
1. 6. den rauhen Schacht und
1. 7. den Kernschacht incluf. der kleinen Füllung, so wird daraus eine
    Summa von

9' 1" dazu der oben erwehlte innwendige Raum zur Helfte
3'. 3"
11'. 4" als was oben bereits gesagt worden.

    So leicht sich nun dieses auch eintheilen lässet, so viele Behutsamkeit
ist bey der Anlage im Bäue doch nöthig; (die oben beschriebene Maaße der
Grundlage sind, nur von der Wind und Wasserseite zu verstehen; dahingegen die Tümpel und Formseite, wegen der Gewölber, ganz davon abge-
het.) Soll also der Grund zu solchen Ofen gelegt werden, so wird zuerst
das Mittel vermittelst des Creutzschlages gesucht, darauf wird nun die Mantelmauer auf der Wind und Wasserseite abgemessen, ist dieses geschehen,
                                     so

so werden auch die beyden Gewölbseiten berichtiget, und diese beyden Seiten werden so stark, als die Mantelmauer;

Füllung und rauher Schacht; (ausser daß auf der Formseite der Mantel ⅓ Zoll stärker) als

Fuß Zoll

5.	6.	die Mantelmauer
—	6.	Füllung
1.	6.	der rauhe Schacht
7.	6.	ist also die Anlage des Formgewölbes
7.	3.	Die Anlage des Tümpelgewölbes.

Die Ursach der Verschiedenheit liegt in der 7. Fuß Länge und 6. F. 6. Z. Breite des innwendigen Raums. Zu mehrerer Deutlichkeit wollen wir hier die ganze Anlage entwerfen.

5'.	6''.	die Mantelmauer nach der Windseite
5.	6.	dieselbe nach der Wasserseite
7.	3.	die Pfeiler auf der Tümpelseite
7.	6.	dieselben auf der Formseite.

Die äusere Fronte der Tümpelseite wird wieder eingetheilt, in

6.	4.	der Pfeiler von der Windseite nach den Tümpel
12.	—	die Breite der Gewölber
6.	4.	der folgende Eckpfeiler
24.	8.	als die ganze äusere Fronte.

Die innere Fronte

5.	11.	ist die Oefnung des Gewölbes
4.	1.	die Ecke nach der Mantelmauer
5.	1.	die Stärke des Mantels daselbst
1.	8.	die Ecke im Pfeiler
7.	6.	die Stärke des Formgewölbes
24'.	8''.	

Die Fronte des Formgewölbes

6.	4.	der Eckpfeiler
110.	—	das Gewölbe
6.	4.	der Pfeiler nach der Wasserwand
24.	8.	

Die innere Fronte

                    6. 1,

4

6. 1. Oefnung des Gewölbes
4. — die Ecke nach dem Mantel
1. 10. die Ecke im Pfeiler
5. 6. der Mantel
7. 3. Stärke des Tümpelgewölbes

24'. 8''.

Der Pfeiler zwischen Tümpel und Formgewölbe, ist von der
äusersten Ecke, bis innwendigen Mitte

20'. 10''. lang, macht daselbst einen Winkel
1. 8. nach dem Tümpel zu, und
1. 10. nach dem Formgewölbe
auf diese beiden Winkel und auch in den Ecken der obigen beyden innern Fronten, kommen die Trachteisen zu liegen
Das Viereck in diesen Gemäuern, ist

11. 8. von der Form gegen die Windseite, vom Tümpel gegen die
Rückseite   11.11.
5. 6. die Stärke des Mantels. Die Stärke des Mantels 5. 6.
7. 6. Die Stärke des Gewölbes. Die Stärke des Gewölb. 7. 3.

24' 8''   24' 8''

Wann nun dieses Gemäuer 6. Fuß aufgeführet, so werden auch gewöhnlich die Gewölber angefangen, zuvor aber werden übern Tümpel und
Formstall die beyden Tracht-Eisen gelegt, welche ppte die Länge von 9. Fuß,
Breite 1. Fuß, und Stärke 6 Zoll haben. Diese beyden Tracht-Eisen,
liegen eines so hoch als das andere und stossen in den Ecken des Pfeilers gegen einander, wie denn auch zu merken, daß auf diesen beyden Tracht-Eisen, der innwendige Theil der Gewölber und auf diesen der rauhe Schacht
ruhen.

Die Höhe des Gewölbes vor dem Tümpel 12. Fuß.
Die Höhe des Gewölbes vor der Forme : 1 und 1 halb. auch 13. F.

(NB.) Noch ist zu merken, daß, so wie der Grund egal gemauert,
die Creuzabzüge so angelegt werden müssen, daß solche auf der Wind- und
Wasserseite schräg falle, damit, wenn von den Gewölben Wasser herein
gegossen wird, solches an den gegenüberstehenden Seiten wieder heraus-
kommt und also dadurch die Creuzabzüge reiner gemacht werden können.

                                                                    Auß

Auch wenn der Mantel 1. Fuß Höhe erreicht, müssen auf jeder Fronte 4. stehende Röhren 4. Zoll in Quadrat mit aufgeführet werden.

Wann nun obige Gewölber fertig, während der Zeit die schon 6. Fuß hohe Mantelmauer liegen geblieben, so ist sehr gut, wenn alsdenn der rauhe Schacht angefangen werde. Gewöhnlich wird solcher von Sandsteinen gemacht, er kann aber auch von rauhen Steinen aufgeführet werden, alsdenn wird aber zum vorausgesetzt, daß dazu gute Lagersteine, so sich behauen lassen, gehören und auch muß man, weil dieses Gemäuer aus Laim bestehet, etwas starke nehmen.

Dieser rauhe Schacht, wird nur an den 2. Seiten der Wind und Wasserseite angesetzt, weil die übrigen beyden Seiten, die Stärke schon in sich enthalten, als:

die Rückseite	3".	Füllung, an die Windseite dagegen 6. Z. Füll	
zum rauhen Schacht 1.	6".	zum rauhen Schacht	1'. 6.
rechne dazu		rechne dazu den	
den Mantel	5. 6".	Mantel,	5'. 6".
den Creuzschacht		den Kernschacht	
doppelt	3'. 2".	doppelt	3'. 2".
den Raum	7'. —	den Raum	6. 6".
Pfeiler Stärke	7'. 3".	Pfeiler Stärke	7'. 6".
	'' 24'. 8''.		'' 24'. 8''.

Die erwähnte 3. und 6. zölligte Füllung, zwischen dem Mantel und rauhen Schacht, bestehet bis auf die Gewölber aus Leimmauer, da nun diese Füllung ein Dreyeck macht, so wird ein ieder Ecke und in 2. mitten stehende Röhren aufgeführet, und so wie der Schacht und Füllung die Höhe von 6. Fuß erreicht, gehen solche in die nächsten Röhren des Mantels und alsdenn gemeinschafttlich quer durch denselben zu Tage aus, wobey zu merken, daß beym ferneren Aufführen des Mauerwerks, die einmal angesetzt stehenden Röhren immer mit in die Höhe, ob sie gleich hin und wieder auslaufen, geführet werden.

Wann nun der rauhe Schacht auch auf denen Gewölbern angesetzt, (und ich einen runden Schacht (zum voraussetze)so werden die Verjüngerungssteine gelegt und da gewöhnlich der Mantel in Avanzo, so wird nun, statt der bisherigen Füllung von Leimgemäuer, eine Füllung von angefeuchteten alten Leim, etwas Pferdemist und Hammerschlag, so wohl vermenget, hiezu

A 3   gebraucht,

gebraucht, aber auch die vorher angeführten stehenden Röhren, nun gleich
einen Schneckenzug um den rauhen Schacht geführet und so oft solche mit
einer stehenden Röhre in Mantel gleiche Höhe, läuft solche auch damit aus;
da dieser Schneckenzug von Baarnsteinen gemacht, so wird der gedachte
Schutt zum Ausfüllen des zwischen den Mantel und rauhen Schacht bleibenden leeren Raums gebraucht, und mit einem Stoß Holze vest gestampfet.
Wann nun auf diese Art eine Höhe von 20. bis 21. Fuß erreicht, so wird alsdann der Kernschacht angefangen.

Unten ist gesagt, daß die Oefnung des Schachts, wenn nemlich der
Kernschacht darinnen stehet, von der Form bis Windseite   6'.   6 und
von dem Tümpel bis Stückwand   7'.   — in
Lichten seyn solle; auch daß der Raum, ehe der rauhe
Schacht eingesetzt,
von dem Tümpel bis Rückwand   11'.   11".
betrage
und von der Form bis Windseiten   11'.   8".
rechnet man nun von erstern 21. Zoll zur Füllung und rauhen Schacht, und von lezter 22. Zoll zu Füllung und rauhen Schacht ab, so bleibet
der Raum für erster   10'.   2".
für lezter   9'.   8".
rechne man nun ferner, für erstern den doppelten Kern-
Schacht und   3'.   2".
und für lezten dergleichen, so bleibet ein Raum von 7. Fuß Länge
                                         6. 6". Breite
wie oben gesagt worden.

Wann auch nun dieser Schacht eine Höhe von 3. bis 4. erreicht, so
müssen die Tracht-Eisen über beyde Gewölber, worauf der Kernschacht auf
beyden Seiten ruhet, geleget werden, dessen Höhe sich nach der Art des Zu-
stellens richtet, daß die Eisen nur immer Decke genug von der Rast haben.

Zuerst wird das Tracht-Eisen übern Formstall und darnach das Eisen
übern Tümpel, doch so daß es mit dem einen Ende in Pfeiler, auf dem Ende
des Tracht-Eisens übern Formheerde liege und also 6. Zoll höher. Von
diesen Tracht-Eisen an, wird nun die Verjüngerung angefangen, daß nemlich die Ecken, durch 2. Fuß breite Steine gebrochen und also sich alsdann

mehr

mehr in Circul ziehen. Zu dem Ende werden nun schon, da vorher von der Gicht Weitung mit 4. Schnüren gemauret, nunmehro 8. Schnüre angebracht. Ein Hauptaugenmerk bey Anfertigung dieses Schachtes, ist, daß die Schachtsteine mit den Enden nicht zu knapp an einander stossen sondern solches nicht wohl unter 3. Zoll seyn dürfe, dessen Ursach leicht zu errathen.

Ist nun damit die vorgedachte Höhe von 20 bis 21'. erreicht, so muß bereits ausgemacht seyn, ob der Ofen mit einem Gichtthurm oder gleich ausgehende Höhe bis in die Gicht haben solle. Im erstern Fall wird nur der Ofen oben egalisiret, und der Gichtthurm ppt. 10. Fuß Länge und 9'. 6". Breite angezt, mit tüchtigen eisernen Ankern verwahret und die Schneckenröhre in den 3. Seiten des Gichtthurms kann man herausgehen lassen, ist solcher fertig, so wird auch der Kernschacht von Barnsteinen bis zur gehörigen Höhe fortgeführet.

Die Schirmwand so bey den meisten hohen Ofen massiv gebauet ist, kann nur mit Fach und Säulwerk aufgeführet werden, da solches zur Conservation des Ofens nöthig, weil dessen Last nicht so schwer, als eine massive Wand ist.

Nacherinnerungen:

a) Ist es besser, wenn der Mantel in einer Höhe von etliche 20. Fuß einige Fuß anläuft, weil dessen Widerstand, wenn etwann ein Ofen bersten wolle, grösser und auch, so wie er auswendig anlaufft, so muß er inwendig so viel überhängen; daß nun aber auch

b) die Füllung, wegen des oben zusammen ziehen des rauhen Schachtes, erweitert wird, folget natürlich

c) in jeder Seitenwand, laufen die Abzüge gewöhnlich zum erstenmahle in einer Höhe von 6. Fuß 4. mal.

$$\begin{array}{ll} 10. & 3. \\ 16. & 2. \end{array}$$

und auch so viel mal in der ganzen Höhe, und alle diese communiciren mit der Schneckenröhre.

d) Die Füllung aus Schutt mit Pferdemist und Hammerschlag ist zu dem Ende sehr dienlich, weil, wenn etwan ein Ofen auseinander treiben wollte, die Schächte erst weichen müsten, und so wie die Gewalt gegen die Füllung treibt, giebt solche alsdenn ehender nach, als wenn sie aus gehörigem Mauerwerk bestünde.

Diese Beschreibung, hoffe ich, wird hinreichend seyn, um das Wesentliche der Sache einzusehen;

Solte

Sollte Jemand einen etwas ausführlicheren Grundriß einsehen wollen, den kann er in der Anlage sub B. finden, nach welchem ich auch einige erbauen und anlegen lassen. und da kann jeder in Rücksicht der Gebäude, derLeitung des Wassers, der Kohlschuppen, der Gießerey sich das nöthige selbst ausfüllen und abändern.

Nähere Beschreibung eines Staabhammers.

Vor kurzem schrieb ein Freund aus einer Gegend, wo man Eisenhütten wenig kennt, an mich „er hätte mit Recht, doch zum wenigsten einen kleinen Grundriß eines Staabhammers in der Abhandlung über die Eisenhütten vermuthet.“ Den guten Mann muß ich befriedigen, ob ich ihm wohl zugleich ganz natürlich sagen kann, daß es wohl andern, ihm aber wenig helfen wird, einen solchen Grundriß zu haben.

Wer Vergnügen an bauen hat, und gern eine rechte schöne Staabhütte haben will, der sehe den Grundriß sub O, ein; er rührt von dem berühmten Cramer her, und ob ich selbst bey diesem Werk interessirt bin, so kann ich jedoch sagen, daß ich wenig dergleichen gesehen habe; indessen, da ich seit 12. Jahren mehr als ein Werk habe bauen lassen, so bin ich von kostbaren dem Auge prahlenden Hüttengebäuden kein Freund; ich lege demnach noch einen andern Riß sub U. bey, der minder kostbar ist, und jedoch eben die Dienste verrichtet.

Einen Anschlag wird man nicht von mir verlangen, denn dieser richtet sich ohnehin nach jedes Landes Bauart und Preißen, indessen was das Eisenwerk betrifft, so war in der ersteren Hütte bey deren Bau mir folgende Designation übergeben, die ich hier wörtlich einrücke, weil mancher Hammerbesitzer wohl noch aus solcher sehen wird, was ihm fehlt.

Designatio
der eisernen Geräthschaften zu einem Frischfeuer und dazu gehörigen Hammerwerke.
A. Geräthschaft von Kupfer.
2. Stück Formen.
B. Geräthschaften von geschmiedeten Eisen.
13. Stück Bände um die Blaßwelle.

2. Stück

2. Stück Streichbleche an die Bälge.
6. ‚ Nagel dazu an die Hebescheenen der Bälge.
2. ‚ Rinken dazu
3. ‚ Haaken zur Waage an die Balgstange.
1. ‚ Rinken um dem Balgpfosten.
40. ‚ Bände um die Frischhammer Welle.
8. ‚ Froschrinken.
2. ‚ Frischhämmer.
2. ‚ dito Hülsen.
2. ‚ dito Bleche, nebst dazu gehörigen Keilen.
8. ‚ Stirnbände nebst dazu gehörigen Keilen.
4. ‚ Bände um die Büchsensäulen.
1. ‚ Rinken um den Schlüssel, welcher die beyden Büchsensäulen zusammen hält.
16. ‚ Zapfenkeile.
3. ‚ Bande um den Hammerstock.
3. ‚ Nagel, 2. Rinken, 2. Haaken zum Balg- und Hammergeschütze.
2. ‚ Eisen mit verschiedenen Löchern, worinn der Haaken des Geschützes gehänget wird, wenn ab- oder zugeschützet werden soll.
3. ‚ Bände um die fordere, mittel- und hintere Säule.
1. ‚ Stativ zur Wasserrenne, nebst dazu gehörigen Gehänge, das Wasser in die Hütte auf den Zapfen der Hammerstelle zum abkühlen zu leiten.
2. ‚ Gehänge zur Renne, das Wasser auf dem Hammerstock zu leiten.
2. ‚ Luppenzangen.
6. ‚ Wärmzangen.
6. ‚ Zagelzangen.
4. ‚ Scheenenzangen.
4. ‚ ordinaire kleine Zangen, so bey Modellarbeit gebraucht werden.
4. ‚ Luppenspelle.
2. ‚ kleine Spelle.
4. ‚ Luppen-Haaken.
1. ‚ Kohlenschauffel.
2. ‚ Lachschauffeln.
1. ‚ Blech um den Luppenbaum.

B   3. Stück

2. Stück Setzeisen.
4. ' Schlägel.
2. ' Handhämmer.
4. ' Scheiters.
2. ' Lochers.
2. ' Locheisen.
1. ' Sperrhaaken.
1. ' Formeisen die Forme zu richten.
1. ' Formräumer.
12. ' verschiedene Zangenzwingen.
1. ' Waagebalken zum Roheisen wägen, mit dazu gehörigen Gehängen, 8. Ketten und 2. Waageschaalen.
1. ' dergleichen zum Staabeisen wägen, mit Gehängen und 2. Waageschaalen.

C. Geräthschaften von Goßwerk in Sand.

2. Stück Frischbodens.
4. ' Frischackens.
2. ' Formhackens.
1. ' Reune mit dazu gehörigen Deckels, das Wasser zum Abkühlen des Frischfeuers unter dem Frischboden zu lassen.
1. ' Lachgoße nebst dazu gehörigen Deckel.
1. ' Kasten, worinnen die abstechende Lach geleitet wird.
36. ' starke Blätter in die Frischeße.
3. ' dergleichen zum Formstande.
1. ' Zwinge, zur Forme.
4. ' starke Tracht Eisen zur Frischeße.
1. ' Schirmblech an die Eße nebst Gehängen dazu.
2. ' Blätter zum Wassertrege.
2. ' Amwelle zur Blaßwerk.
2. ' dito zur Frischhammer-Welle.
4. ' Schaalen in den Hammerstock.
4. ' Frisch-Amböße.
1. ' dito ' dito, das Getähe abzurichten.
1. ' dito ' dito zum Eisen zeichnen.
2. ' Frischbüchsen, jede mit 2. Spuren.
1. ' Cranz zur Frischhammer-Welle mit vier Armen.

2. Stück

2. Stück Füsse zum Büchsensäulen.
1. - Kasten zu Wasser, das Setzeisen abzulöschen.
1. - Zapfenramme, nebst der Kette dazu.
  D. Geräthschaften von Goßwerk in Halblehmen.
2. Stück Wellzapfen zur Plaßwelle.
1. - - zur Frischhammer-Welle.
1. - Creutzzapfen, zur Frischhammer-Welle.
  E. Geräthschaften von Goßwerk in Gewichte.
6. Stück ganze Centner-Gewichte.
1. - halber Centner.
1. - viertel Centner.
1. - achtel Centner
1. - von 8. Pfund
1. - - 6. Pfund.
1. - - 4. -
1. - - 2. -
1. - - 1. -

    Zum Anhang dieses Abschnittes muß ich dennoch noch einen ganz ausführlichen Riß eines Staab- oder Frischfeuers sub *. anfügen und hiebey gedenken, daß, da in den neueren Zeiten die starken Hammerwellen etwas rar werden, man zwar mit grossem Vortheil sich seit einiger Zeit der eisernen Cränze, wie im Riß lit. K. bemerket bedient; allein so gut auch solche sind, so ziehen sie doch den Nachtheil nach sich, daß durch ihre grosse Erschütterung das ganze Hammergerüste leider, auch selbst die Wellen leiden bey denen Wasserarmen; um nun auch diesem Uebel abzuhelfen, ist man neuerdings auf dem simplen Einfall gerathen, die Brust an der Hammerwelle lier. u. beym Angewelle V. so viel abzuschneiden, und dieses Angewelle so viel nachzurücken, daß die Brust kaum 8 bis 10. Zoll behält; Hieraus folget nun natürlich, daß, da die Welle nur am Ende greift, ihr drehendes Wanken, bey jedem Hammerhub vermindert werden muß, wie denn der Flügelzapfen auf diese Weise grösstentheils mit unter die eiserne Aeme durchkommt.

    Wider diese Abänderung protestiren zwar die erstere Zeit die Hammerschmiede heftig, weil nach ihrer Angabe das Schmieden, wo sie den Staab unter der Welle durchhalten müssen, erschweret wird, es ist aber ungegründet, weil das Angewelle dem Ambos vorbey zu stehen kömmt und also das

durchhalten der Stäbe in der That erleichtert wird; ein Umstand ist zwar
dieser, daß es etwas gefährlicher zu schmieden wird, und daß bey dem Abhauen besonders, die Stücke und Schienen, die gegen dem Angewelle keinen Schutz mehr haben, weiter von Hammer fallen, und also auch schwerer herbey zu hohlen sind, jedoch ist dieses kein Verhältniß gegen dem Vortheil, daß man durch diese Abänderung nunmehro weit kürzere Wellen gebrauchen kann. Daß man auch in neueren Zeiten die eisernen Buchsensäu-
len eingeführt hat, ist von gutem Nutzen, besonders die hintere zwischen dem
Helm und der Welle, denn da diese lange nicht die Stärke erfodert, die eine
hölzerne braucht, so kann auch die Welle näher an dem Hammerhelm gezogen werden, wodurch der Cranz mit ungleich kürzerem Arm eben so gut, ja
fast besser als mit einem langen, greift, und hierdurch wird alsdenn die
Welle ungemein conservirt, wie jeder von selbst leicht einsehen wird.

Uebrigens nun noch ein Wort von den Wellen zu gedenken, so ist bekannt, was es für Mühe kostet, und wie kostbar es wird, solche bis zur Stelle
zu schaffen: ja an manchen Orten wird man fast bald gar keine starken Wellen mehr haben können; diesem zu vor zu kommen, wundere ich mich, warum man nicht schon längst auf dem Einfall gekommen, die Wellen aus 2.
3. oder 4. Stücken zusammen zu setzen; werden diese Bäume noch dazu in
der Länge scharf comisch; wenn es 2. oder 4. sind, behauen, und mit eisernen Bändern scharf zusammen gefügt, und verwahrt, so leisten sie vielleicht
mit dem 20te Theil der Kosten und der Mühe eben diese Dienste, die die
Welle aus einem Baum leisten kann, und gesetzt auch, sie hielten so lang
nicht, so sind sie geschwinder auch herzustellen. Wir müssen nicht immer
bey dem alten bleiben. —

Eben so verhält es sich mit dem umgehenden Zeuge, wo eine Schneckenförmige Eintheilung der Armen an der Welle nicht nur einen geschwinderen, sanfteren Umgang verursachen, sondern auch noch den Vortheil schaffen kann, daß man bey schwachem Wasser mit mehrerem Vortheil arbeiten
wird. Nur diese Einrichtung erfodert mehr mechanische Kenntniß und ein
besondere Verrichtung, die am leichtesten und nutzbarsten bey dem hohen
Ofen sich erproben dürfte.

Grund.

Grund und Profil-Ris, von einem Frischfeuer.

AAAA. Grundris von dem Hüttengebäude selbst

a. die Feueresse
b. ein eiserner Pfeiler
c. das Frischfeuer
d. die Form
e. die Deuten
ff. die beiden Blasebälge
gg. die Blaswelle
h. das Blasrad
i. die Arme in der Blaswelle
kk. die Angewelle worauf die Welle ruhet
ll. die Zapfenklözen
mm. die Wellzapfen
NNN. die Sohlhölzer
oo. die Sohlkasten, wo die beiden Trahmsäulen befindlich sind
p. der Sohlkasten, wo die Raitelsäule drinne stehet
qq. die Sohlkasten wo die Büchsensäulen drinne stehen
r. die Hülse
s. der Hammer wo das Helm dran befestiget ist
t. der Hammerstock
u.u.u. die Hammerwelle, das Hammerrad, und die Hammerärme
vv. die Angewelle

Diesem folgt der Profilris von dem Hammerwerke.

1. Das Helm, nebst daran befindlichen Hammer.
2. das Helmblech, welches an das Helm befestiget ist
3 der Ambos
4. der Hammerstock
5.5.5. die Welle und das Hammerrad
6. die Hammerarmen
77. die beiden Trahmsäulen
8. der Trahmbaum
9. die Raitelsäule

10. die

10, die Büchfenfäule
11. der Raitel
12.12. die Sohlhölzer
w.w. Provil-Riß der Feuereffe
x. das Frifchfeuer
y. die Form
z. die Denten
tz.tz. der Frifchbalg
a' die Balgfchramme
b' der Balgftrich
c' die Hebefchiene
d' die Blafewelle
e'e' die Armen in der Blaswelle
f'f'f' das in Peripherie fich zeigende punctirte Blasrad
g'g' Profil-Riß von der Welle, wie fich felbige bei den Armen in ihrer ganzen
    Peripherie praefentiret.
h'h'h'h' die Armen welche Kreuzweife durch die Welle gehen, und nochmals
    mit Holz aufgelegt
i'i'i'i' Profil-Riß von einem Beckigten eifernen Wellkranze.
k'k'k'k' die Armen, welche ebenfalls von Eifen, und mit Holz aufgelegt.

Anfchlag,
zu Vorrichtung eines Klepf-Senfen, oder Blankfchmirtshammers, nebft einem Riß fub A. und find die Preife in Louisdor zu 5. rthlr. angefetzt

	rthlr.	gr.	pf.
Vor eine Welle zum Hammerwerke, 13. Fuß lang am Sammende 30. Zoll ftark, Hauerlohn	2.	—	—
diefe Welle zu lochen, die Zapfen einzufezen und die Welle einzuziehen, auch die hölzernen Anwelle zu machen &c.	6.	—	—
das Hammerrad zu machen 8. Fuß hoch, 3 Fuß 6 Zoll im Lichten weit gefchauffelt, à Fuß 1 rthlr	8.	—	—
das Hammergerüfte zu machen und hinzufezen	10.	—	—
zwey Hammerftöcke zu hauen und zu fetzen	4.	—	—

Latus 30.

Vor

	Thlr.	gr.
Transp.	40.	
Vor eine Welle zum Schleifwerke, zu hauen und hinzuziehen	5.	
das Rad daran zu machen	5.	
das Getriebwerk und hölzerne Anwelle hierzu zu machen	10.	
das Gerüste zum Blaßbalge zu machen, welches durch das Schleifrad mit getrieben werden muß	3.	
2. Creutzzapfen zur Hammerwelle à cl. 5 thlr.	15.	
2. Träme dazu 6. cl. — à 2 ¼ rthlr.	13.	
4. Büchsen dazu 6. cl. à 2 ¼ rthlr.	13.	
4. Anwelle dazu à 2 rthlr.	4.	8.
4. gestählte Hämmer 2 cl. à 6. r thlr.	12.	
4 dergl. Amböße 8. à 6.	48.	
2. Hülsen 2 ½ cl. à 6.	15.	
2. Zapfen zum Schleifwerke 2 ½ cl. à 5 thlr.	12.	12.
1. Amboß zum Abrichten 2. cl. à 2 ½	4.	8.
einen Sperrhacken 2 cl. à 6	12.	
einen Schraubstock		
2. Anwellen zum Schleifwerke 1 cl.	2.	6.
einen Schleifstein, 4. Fuß hoch, 10. Zoll breit	8.	
die eiserne Welle dazu	5.	
Bände, Rinken Keile, Handhämmer, Schröters Zangen ꝛc. dazu 6. cl. Stabeisen à 3 ½ rthlr.	21.	
solche Geräthschaften zu verfertigen	15.	
einen doppelten ledern Blaßbalg	44.	
eine Schmiedeforme	1.	
zwey Schaalen in dem Hammerstock, 6. cl. à 2 ½ thlr.	13.	
die Feueresse zu machen	50.	

Latus 360.

Vor

	rthlr.	gr.	pf.
	Transp.	360.		
Vor die Gerenne auf die Räder, und Geschütze dazu zu machen ꝛc.			
Nägel zu den Rädern, Wassergerennen ꝛc.	52.		
allerhand Tagelöhner und unvoraussehliche Nebenkosten ꝛc. ꝛc.	30.		
	30.		
Summa	434.	10	

Anmerkungen.

1. Es sind in diesem ganzen Bauanschlage die Kosten etwas höher gerechnet, als man gewiß weiß, daß solche kommen damit man versichert sey, daß kein Nachschuß nöthig.

2. Die Fuhrlöhne kann man nicht bestimmen, weil die Distancen unbekannt sind.

3. Was das Gebäude selbst betrift, so ist dazu ein Raum nöthig 30. Fuß lang, 10. Fuß breit; zugleich eine Kohlenschuppe von Schwarten zusammen geschlagen, in welcher 36. bis 40. Fuder Kohlen Raum haben: den Anschlag hievon kann ein jeder Zimmermann machen, und kommet solches auf die Bauholz Preise und Ziegeln an.

Ausrechnung.

A Wie hoch das Dutzend zu liefern kommen wird.

1) Zu 12. Sensen ist an Stahle nöthig 30. Pfund. der Centner kostet 10 rthlr. beträget — 2. 15. 2.

2) Hiezu sind an Kohlen nöthig 1 halb. Mß. das Fuder zu 14. Mß. oder 160. Braunschweiger Himten, deren 40. 12. Dreßdner Scheffel machen; das Fuder 5 thlr. beträgt — 6. 11.

3) Arbeitslohn vors Dutzend — 12.

4) Repara

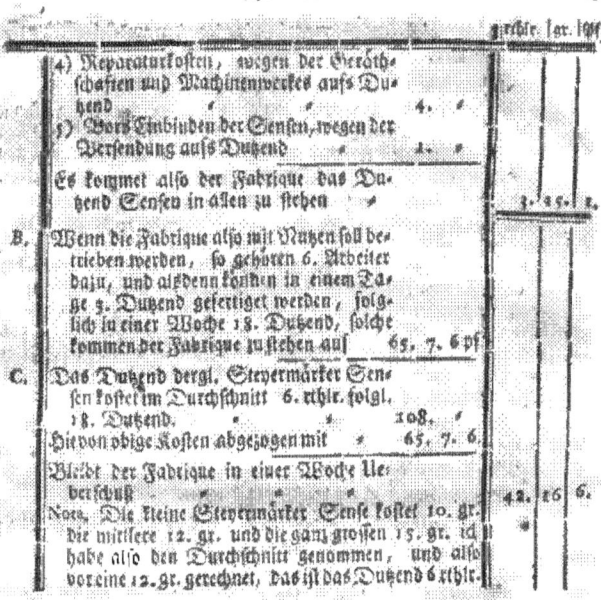

4) Reparaturkosten, wegen der Geräthschaften und Maschinenwerckes aufs Dutzend   4.

5) Vors Einbinden der Sensen, wegen der
Versendung aufs Dutzend   1.

Es kommet also der Fabrique das Du-
tzend Sensen in allen zu stehen | 3. 15. 1.

B. Wenn die Fabrique also mit Nutzen soll betrieben werden, so gehören 6. Arbeiter
dazu, und alsdenn können in einem Tage 3. Dutzend gefertiget werden, folglich in einer Woche 18. Dutzend, solche
kommen der Fabrique zu stehen auf   65. 7. 6 pf.

C. Das Dutzend dergl. Steyermärker Sensen kostet im Durchschnitt 6. rthlr. folgl.
18. Dutzend.   108.
Hievon obige Kosten abgezogen mit   65. 7. 6.

Bleibt der Fabrique in einer Woche Ue-
berschuß | 42. 16. 6.

Nota. Die kleine Steyermärker Sense kostet 10. gr.
die mittlere 12. gr. und die gantz grossen 15. gr. ich
habe also den Durchschnitt genommen, und also
vor eine 12. gr. gerechnet, das ist das Dutzend 6 rthlr.

Anmerkungen.

ad A.) Es giebet zweyerley Sorten Klopffsensen; eine kleine, welche Grase-
sensen genennet werden, davon wieget das Stück 1 ½ Pfund, bisweilen
ein paar Loth darunter auch drüber: die grosse Sorte heissen Kornsen-
sen, und haben 2 ½ Pfund an Gewichte; man hat hier beyde Sorten
im Durchschnitt genommen.

Die Kohlen-Consumtion scheinet sehr geringe angegeben zu seyn;
sie ist es aber nicht, da diese Sensenstäbe auf der Rafinir-Stahlhütte
gleich

C

gleich dünne als Federstahl ausgeschmiedet werden, und keine Schweiß-
hitze erfordern.

Schleiffensen haben das Duplum an Kohlen nöthig.

Ein gleiches ist bey dem Arbeitslohne zu merken; es lassen sich mit
leichterer Mühe 3. Klopffensen. als eine Schleiffense machen, weil diese
vorgelegten Stahl erfordern, welches in groben und dicken Stücken
geschehen muß und also beym Ausrecken mehr als Drey Hitzen erfodert.

ad B.) Bey dieser Gelegenheit muß ich einige Erwähnung von denen hiezu
nöthigen Arbeiten thun: Es darf nur ein Meister verschrieben werden, wozu gar nicht nöthig ist solchen aus Sovermack zu nehmen,
sondern man kann solchen aus dem Sauerlande, oder Hannöverschen
bekommen; ob gleich daselbst keine Klopffensen, sondern Schleiffensen gemacht werden: denn ein Schleiffensenschmidt kann Klopffensen,
dieser aber keine Schleiffensen machen. Ein solcher Meister kann einen gelehrigen Schmiedeburschen das Recken in kurzer Zeit lernen,
und damit sind beyde Hämmer, der Reck- und Breite-Hammer be-
setzt, welche beyde an einer Welle liegen.

Zum Einwärmen ist gleichfalls nur ein Schmiedebursche vom mäßigen Geschicke nöthig, welchen nur bedeutet werden muß, was gelb
und Rothwarm ist.

Der Zubringer ist ein blosser Lehrbursche.

Zwey Fertigmacher, welche die Angel- und Sense richten, dieses
können ein paar gemeine Schmiedebursche am besten und in kurzem
von dem Meister lernen.

Alle diese Leute haben in den ersten Wochen ein etwas geringes
Lohn, wenn sie aber erst in der Uebung sind, und täglich 4, 5, bis 6.
Dutzend machen können, vermehret sich ihr Lohn aufs Duplum, so wie
sich ihr Fleiß und Geschicke verbessert.

Wer recht sicher gehen will. der wird wohl thun, wenn er von jeder Sorte, sowohl von Tonnen- als Rafinirten Stahl, etwan 3. oder
4. Centner zur Probe kommen lässet, um damit sichere Versuche anzu-
stellen, ob oder welche Sorten sich am besten zu dieser Arbeit schicken.
Jede Sorte müßte deutlich bezeichnet werden.

Etwas

Etwas vom Stahlmachen.

Die Stahlhütten können, wenn der Stahl gut, und genugsamer Debit davon ist, nach Proportion noch einen weit größern Ueberschuß, als Eisen-hütten thun, weil der Centner Stahl ordinair 2. mal so viel und darüber, als das Staabeisen gilt, und doch Stahl keinen mehrern Abgang an rohen Eisen macht, auch keine sonderliche Kohlen- und Schmiedekosten mehr er-fordert, als das Staabeisen.

Es kann auch Stahl (als welches wie schon gedacht fast blos Arcis und wohl kein eigenes Metall in substantia ist) wie sonst viele Gelehrte dafür halten, aus allen Eisenstein, er sey am Tag, oder unter der Erde, gewach-sen, das ist Lese- oder Grubenstein, so fern er nur nicht Kupferschüßig ist, gemacht werden, und bestehet nächst einigen Handgriffen, die übrige Kunst nach einiger Meynung hauptsächlich nur darinn, daß erstlich solcher Stein, wenn er reinlich gefördert ist, durch Oefen, die nicht allzugroß und weit, als z. E. die Harzer hohe Oefen sind, auch reinlich geschmolzen und statt de-ren Gännse alle vier Stunden, damit das Eisen nicht zu lang in Heerde stehe, Scheiben wie die großen Pfannkuchen daraus gestochen und lauffen gelassen werden. Zweytens, daß dieselben Scheiben dann sogleich noch in ihrer Gluth, wenn sie aus dem Ofen kommen, in klares fließendes Wasser, das zu dem Ende und vom Blasrade durch die Hütte geführet werden muß, geworfen und ihnen darinn der Schwefel und die Kupferessenz genommen werden. Hernach

Drittens, daß solche Scheiben in Stücken geschlagen und in dem Frischheerd, der ohngefähr wie ein Braunschweigischer Himbe groß in der Circumferenz seyn muß, ganz fließend wie Wasser mit weichen und kleinen Sorten Kohlen eingeschmolzen werden.

Viertens aber, daß insonderheit die Form in diesem Heerd, die auch von Eisen und nicht von Kupfer seyn muß, darnach gelegt und solcher Heerd eben mit einem Blech, als welches das Aufspringen des Stahls wehret, verdeckt werde, da es dann doch allemal in 3. bis 4. Stunden zum Frisch-stücken ausgeschmiedet werden und hernach in das dritte Feuer, wo es noch ferner die Härte und die Feine bringt, zu Faßtonnen oder andern Stahl fertig gemacht werden kann, und wenn es etwan ein- oder andermahl die rechte Art im Heerde nicht krieget, so stehet es mit geringen Mitteln wieder zu rechte zu bringen.

C 2   Indessen

Indessen ist doch nicht ohne, daß sich ein Eisenstein besser darzu, wie
der andere schickt, und zwar nach vieler Meynung, der am allerbesten, der
das geschmeidigste Eisen giebt, wie zum Beyspiel der Gittelsche Stein am
Harz, der auch sonsten Deut genannt wird, wobey denn der Geschichte nach,
zu Gittel vor dem die besten Stahlhütten in dieser Gegend gewesen und davon die Schmiede hernach nach Suhl und Schmalkalden erst hingekommen
seyn sollen, und kann man nicht begreifen, warum man die Sache zu Gittel hat eingehen lassen, weil doch der Harz nachher noch immer mehr Stahl
zu den Bergwercken mit gebrauchet hat, und für solchen Preiß, wie er von
aussen hinein gekauffet wird, wohl so viel mehr Kohlen, da es hier an Eisenstein darzu nicht fehlet, auch von 5. bis 6. M. itweges her, mit zugekauffet
werden könnten und doch noch ein guter Profit davon übrig bliebe.

Auch im Bayreuthischen bricht ein später Eisenstein, welcher dem
Nassau-Saarbrückischen Stahlstein ganz ähnlich ist, und aus welchem
man mit der größten Wahrscheinlichkeit einen guten Stahl erhalten dürfte,
und ist besonders, daß zumahl in dortiger Mailaer Bergamts-Reviet, wo
er häufig vorgefunden wird, er wenig geachtet wird. Man ist durch die vielen mißlungenen Versuche überhaupt ietzt zu mißtrauisch worden, so daß man
fast ieden sich angebenden Stahlmacher für einen Betrüger hält, worüber
denn die Oerter, wo das Stahlmachen, so wie bey uns das Staabschnieden,
als ein Handwerk getrieben wird, sehr froh seyn können.

Was übrigens den cementirten Stahl angehet, so muß ich vorhero
noch einige Geheimnißvolle dießfalsige Processe mittheilen, welches iulezt
ein dem wahrscheinlichen am nähesten kommendes beschliesen wird. Eine
geringe Prob wird den neugierigen Leser bald überführen, was er davon
zu halten hat, nur muß der Versuch wiederhohlt werden, ehe man ein Urtheil fällen wird.

Daß in England bloser Cementstahl gemacht wird, besaget der 2. Th.
der Institutes of experimental Chymiken, darinnen kommt unter andern vor:
In England macht man den Stahl blos durchs cementiren, wozu denn die
Eisenstangen in einem dem Feuer widerstehenden Gefäße müssen eingeschlossen werden.

Man hat daber den Vortheil, daß man die Steinkohlen brauchen kan,
und H. D. verspricht, man werde die Materie zu dergleichen Gefässen wohlfeil und leicht in England finden rc.

Daß

Daß in Sachsen dergleichen ebenfalls gemacht worden, bezeuget folgender Extract aus dem Leipziger Intelligenzblatt No. 21. 1765. Fol. 175. Eine Churfürstl. Landes-Oeconomie-Manufactur und Commercien-Deputation hat in gegenwärtiger Messe die von verschiedenen Personen, zu Erlangung derer in dem Avertissement vom 1. Julii vorigen Jahres auf Ostern dieses Jahres ausgesetzte Prämien eingereichten Angaben, nach denen vorgeschriebenen Bedingungen untersucht, auch nach Beschaffenheit der Sache von Kunstverständigen Personen beurtheilen lassen 2c.

1) Dem Hammerwerksbesitzer Reinhold zu Erla ist wegen des aus inländischen Eisen gefertigten Stahls, welcher unter denen von verschiedenen eingereichten Proben vor den besten erkannt worden, der sub No. 7. ausgesetzte Preiß an

150. Thlr.

gereichet worden.

Indessen beyde Nachrichten sind bey mir von keiner grossen Wichtigkeit, da in England meist Steyerscher Stahl raffiniret wird, wie in der erstern Abhandlung bereits erwehnt worden, theils in Sachsen der Prämie ohnerachtet noch weiter keine Stahlfabrique als die bekannten aufgekommen ist.

Noch weniger befremdet mich die folgende Dreßdner Anzeige vom Jahr 1765.

Auf die No. 14. Art. VII. §. 8. des Leipziger Intelligenzblatts, wegen einer Parthie im Lande gefertigter Sensen, Sicheln und Futterklingen beschehene Nachfrage, dienet zur Antwort, daß dergleichen aus inländischen Eisen verfertigte und dabey zu Folge der bereits durch Kunst verständige Personen geschehenen Untersuchung denen besten Kärnthnern und Steyermärkischen gleichkommende, auch zum Theil sie noch übertreffende Sensen, Sicheln und Futterklingen, sowohl glatt als gezahnt, bey dem in Friederichstadt bey Dreßden wohnenden Zeugschmidt Zschocken um billigen Preiß zu haben sind, auch in hiesiger Gegend bereits häufig bey selbigen beschiet worden. Dreßden den 25sten Mart. 1765. indem dergleichen alles noch nicht das ganze ausmacher, wobey ich anführen muß, daß es weit mehr zu bedauern war, wenn ein gewisser Hammerwerksbesitzer zu Bayreuth ehemals 2c. wenn von der Landesherrschaft, unterstützt wurde, da er mit den schweresten Kosten und Gefahr die vielen Leute zu einer solchen Fabrique

C 3   rique

3ter Vorschlag.

Meine (nehmlich des gelehrten Arcaniſten) durch eigenes Nachdenken ſelbſten gefundene Stahl-Machungs-Operation iſt eine Species praecipitatio-uis perfuſionem, da eigentlich die reinen und ſchweren Theile des Eiſens von deſſen realgalliſchen, nur einen und leichtern Theilen abgeſchieden werden, denn das zugleich das Eiſen einen Zuſatz von einen härtenden Weſen und von mehrern inflammabili erhält, eo ipſo ſofort zu einem guten Stahl diſpo-niret wird.

Das Hauptwerk dieſer Operation beſtehet eigentlich darinnen, daß man dem mineraliſchen Mixto des Eiſens etwas nicht koſtbares und mittelſt eines Handgrifs ziemlich für gemachtes Mengſal (damit es in dem ſtärkſten, ofnen unmittelbaren Feuer, nicht ſo leicht echappiren, oder ſich verſchlacken und vitreesciren, ſomit ſeine würkende und eindringende Kraft in das Eiſen nicht verlieren möge) zuſetzet, welcher mit den leichten, ſpröden und unreinen Weſen eine nähere Verwandſchaft hat, und ſich mit ihme eher aſſociiret und zuſammen begiebet, oder ſolches lieber angreifet, deſtruiret, oder wegſchaf-ſet, und alſo die guten reinen und ſchweren metalliſchen Theile davon be-freyet, daß dieſe ſich alsdenn feiner, dichter und derber zuſammen begeben und durch die leichte abgeſchiedene unreine Materie hindurch bis zum Boden gehen und fallen und folglich mit Hülfe des zugleich beygebrachten durch ei-nen beſondern faſt gar nichts koſtenden Zuſatz (wegen des mächtigen Feuers) ziemlich gebundenen ſubtilern mehreren inflammabilis und härtenden We-ſens, ein weit compacteres, feiners und härteres Eiſen, oder beſſer und mit einem Worte einen von Grund aus tüchtigen und beſtändigen Stahl, den man von einer ſolchen ſtarken Härte und Feine machen kann, als man nur ſelbſten will, perfuſionem folglich darſtellen und indem er noch glühend iſt, ſo fort zum fernern beliebigen ausſchmieden überliefern können.

Nota.

1) Der Zuſatz koſtet nehmlich auf 1 Pfund Eiſen gerechnet, kaum 1 Pf.

2) Das Eiſen verliehret hierdurch von ſeinem vorigen Gewichte wenig oder nichts.

3) Es iſt wahrſcheinlich, daß dieſe Operation auch in großen ſuccedire oder von ſtatten gehe, gleich wie man in kleinen die Probe bereits ge-macht hat.

4. Kann

4) Kann altes Eisen, es sey alt oder neu, bloß gebraucht werden, so viel er aber das Eisen schon an sich ist, so weniger braucht man von dem Zusatz, und je besser und leichter gehet die Operation von statten.

5) Den importanten Nutzen hievon und wie vieles Geld dadurch in einem Lande jährlich erhalten, auch wohl ins Land herein gezogen werden kann, wird jeder Verständigere leicht selbst ermessen.
(*clausula salvia imitatoria.*)

Eisen durch die Cementation auf Stahl zu probiren, ohne Rückhaltung, dem Versucher zum Besten.

Man nimmt dazu ein von gutem in Feuer stehenden Thon gefertigtes Kästgen in Gestalt eines kleinen Särgleins, welches aber einen Falz haben muß, damit der Deckel gut darauf passet und stehet, 1 Schuh lang, 4 Zoll breit, und 4 Zoll hoch, lässet alsdann von dem Eisen, so probirt werden soll, kleine Stäbe von der Länge des Kästgens, und ½ Zoll dick schmieden. In das Kästgen wird auf dem Boden ½ Zoll hoch durch die Kohlen-Lösche gethan, und etwas Federweis darauf gestreuet, worauf die Stahlein-Eisen, nachdeme solche vorhero mit Oleo tartari per deliquium mittelst eines Pinsels bestrichen werden, also geleget werden, daß zwischen den Stäben ½ Zoll Raum verbleibet. Sodann wird gleichfalls etwas Federweis gestreuet, und bächene Kohlen-Lösche ½ Zoll hoch darauf gebracht, auch wiederholtes etwas Federweis gestreuet, und die mit vorhergedachten Oleo tartari per deliquium bestrichene Stäbe eingeleget, so mit immer super immer damit continuiret, bis das Kästgen voll ist, worauf der Deckel geleget, und verlutiret, sodann aber, wenn das Lutum getrocknet, das Kästgen in einem Töpfers Ofen, wo das Feuer den stärksten Grad hat, eingelegt werden kann, wovon man alsdann, wenn die eingelegten Stäblein ausgeschmiedet werden, einen sehr guten Stahl erhält. Ist diese Methode im Kleinen gelungen, so wird es nicht schwer halten, sie im großen auszuführen.

Ueber das Buchführen, bey einem großen Eisenhütten-Werk.

Zum vesten und regelmäßigen Betrieb der Hüttenwerke und damit verbundenen Handlung wird auch hauptsächlich erfordert, eine ordentliche, deutli-

D

die mit besonderer accurater und richtiger Führung derer, sowohl zur Fabrication allerley Sorten Eisen, Blechen rc. als auch des Cassa und Ein- und Verkauf der rohen Materialien und Waaren gehörigen Bücher, damit man sich zu allerzeit (ohne erst weitläuftige und Zeit verspillende Extracte zu fertigen) in der Kürze über alle Vorfälle belehren kann. Die zum Hüttenwerke und Fabrication des Eisen, Blech rc. gehörigen Bücher bestehen vorzüglich

1) in dem Buch, worinnen einer jeden Sorte, Eisenstein, sowohl derer, die auf denen Zechen, als derer, die auf denen Hüttenhöfen liegen, ein Conto debadiret mit Debit und Credit gegeben wird.

Im Debit werden alle bey der Uebernahme vorräthig gefundenen Steine laut dem darüber gefertigten Inventario unter dem nemlichen Dato, wie solches lautet, eingetragen, desgleichen alle von Zeit zu Zeit erlaufende, unter dem Dato, wo sie in Empfang genommen.

Was der Steinpocher empfängt, wird diesen Conten in Credit abgeschrieben, und demselben debitirt.

Was der Steinpocher zum Hohofen ankauft, wird ihm gleichfalls wie den Steinconten wieder creditiret rc. Jährlich, ½ oder doch wenigstens alljährlich derer Abschluß aller Bücher wird der vorräthig gepochte Stein ermittelt, der durch das Pochen erfolgte Abgang als Abgangins Credit gebracht, das wörtlich vorräthige dergleichen, und so muß sich Debit und Credit solchen. Nach erfolgtem Abschluß wird der vorräthige als Saldo von vorigen wieder zu neuer Berechnung in Debit vorgetragen.

2) Einem Holtz- und Kohlenbuche. In diesem bekommt jede Art Holtz ihr Conto mit Debet und Credit. Aus übernommenen wird, kommt unter dem Dato, da solches geschehen in Debit und so wie es denen Köhlern zum verkohlen angewiesen wird, auf die nemliche Art in Credit. Jeder Köhler bekommt sein Conto, auf welchem ihm das empfangene Holtz debitiret und hingegen die gelieferten Kohlen wieder creditiret werden.

Die fertigen Kohlen bekommen ihr Conto, auf welchen die von denen Köhlern gelieferten debitiret, und die zum Hohofen und Hütten abgegebene creditiret werden.

3) Einem Schmeltzbuche.

In diesem wird dem Hohofen debitiret was derselbe an Steinen und Kohlen empfangt, und das erzeugte Rohheisen creditiret.

4) Einem Eisen- und Blechbuch. In diesem bekommt das Rauhheisen sein Conto. Was eingeht, wird demselben debitiret, was die Frischmeister empfangen, wird creditiret.

Die

Die Gußwaaren bekommen ihr Conto; was vom Hohofen geliefert wird, wird demselben debitiret, was die Hütten empfangen, oder sonsten verwendet wird, so wie auch dasjenige, so verkauft wird, wird demselben creditiret.

Jeder Frischmeister, Blechmeister, Zeugschmidt rc. bekommt sein Conto und wird gleichfalls wie vorstehend damit procedirt. Mit den fertigen Eisen als Stabeisen, Zaineisen, Schienen rc. hat es gleiche Bewandniß wie mit den Gußwaaren.

5) Einem Zinnbuche.

In diesem bekommt der Zinnermeister sein Conto, und wird demselben alles was er empfängt debitiret, im Gegentheil werden ihm die abgelieferten verzinnten Bleche wieder creditiret. Die fertigen verzinnten Bleche bekommen ebenfalls ihr Conto, und es wird gleich dem fertigen Eisen- und Gußwaaren behandelt.

6) Einem Arbeits-Lohnbuche.

Darunter wird das verdiente Arbeitslohn eines jeden Arbeiters, er sey Köhler, Einrücker, Frischmeister, Hohofenarbeiter, Bergmann, Fuhrmann rc. unter dem Dato, wo mit demselben abgerechnet wird und dessen Conto saldiret ist, eingeschrieben, monatlich abgeschlossen und dem Cassa-Credit verrechnet.

Aus diesen Büchern nun (zum vorausgesetzt, daß selbige richtig geführt und abgeschlossen sind) kann man über jedes abgeschlossene Conto sehr leicht eine Calculation fertigen, und also zu aller Zeit erfahren, wie hoch jede Sorte Kohlen, Eisen rc. zu stehen kommt, auch mit weniger Mühe alle Bestände von Steinen, Rauheisen rc. ersehen.

Die zu einer richtigen, deutlichen und klaren Untersuchung der Cassa führende erforderlichen (wenn es nicht Cass Broullion bleiben soll) unumgänglich nöthige Bücher sind:

1) Ein Contant-Verkaufbuch, worinnen alles, was für baar Geld verkauft, oder auch was für baar Geld verrechnet wird, als Eisen, Getrayd rc. (so die Einrücker, Köhler, Hüttenarbeiter rc. empfangen und ihnen als baar Geld angeschlagen wird) eingeschrieben wird, welches monatlich abgeschlossen und dem Cassa-Debet verrechnet wird.

2) Ein Hütten-Unkostenbuch, worinnen alle zu denen Hütten gehörige Unkosten specifice eingeschrieben, monatlich abgeschlossen und dem Cassa-Credit verrechnet werden.

3) Ein

durchhalten der Stäbe in der That erleichtert wird; ein Umstand ist zwar dieser, daß es etwas gefährlicher zu schmieden wird, und daß bey dem Abhauen besonders, die Stücke und Schienen, die gegen dem Angewelle keinen Schutz mehr haben, weiter von Hammer fallen, und also auch schwerer herbey zu hohlen sind, jedoch ist dieses kein Verhältniß gegen dem Vortheil, daß man durch diese Abänderung nunmehro weit kürzere Wellen gebrauchen kann. Daß man auch in neueren Zeiten die eisernen Büchsensäulen eingeführt hat, ist von gutem Nuzen, besonders die hintere zwischen dem Helm und der Welle, denn da diese lange nicht die Stärke erfodert, die eine hölzerne braucht, so kann auch die Welle näher an dem Hammerhelm gezogen werden, wodurch der Cranz mit ungleich kürzerem Arm eben so gut, ja fast besser als mit einem langen, greift, und hierdurch wird alsdenn die Welle ungemein conservirt, wie jeder von selbst leicht einsehen wird.

Uebrigens nun noch ein Wort von den Wellen zu gedenken, so ist bekannt, was es für Mühe kostet, und wie kostbar es wird, solche bis zur Stelle zu schaffen, ja an manchen Orten wird man fast bald gar keine starken Wellen mehr haben können; diesem zu vorzukommen, wundere ich mich, warum man nicht schon längst auf den Einfall gekommen, die Wellen aus 2. 3. oder 4. Stücken zusammen zu setzen; werden diese Bäume noch darzu in der Länge scharf comisch, wenn es 3. oder 4. sind, behauen, und mit eisernen Bändern scharf zusammen gefügt, und verwahrt, so leisten sie vielleicht mit dem 20te Theil der Kosten und der Mühe eben diese Dienste, die die Welle aus einem Baum leisten kann, und gesezt auch, sie hielten so lang nicht, so sind sie geschwinder auch herzustellen. Wir müssen nicht immer bey dem alten bleiben. —

Eben so verhält es sich mit dem umgehenden Zeuge, wo eine Schneckenförmige Eintheilung der Armen an der Welle nicht nur einen geschwinderen, sanfteren Umgang verursachen, sondern auch noch den Vortheil schaffen kann, daß man bey schwachem Wasser mit mehrerem Vortheil arbeiten wird. Nur diese Einrichtung erfodert mehr mechanische Kenntniß und ein besondere Verrichtung, die am leichtesten und nuzbarsten bey dem hohen Ofen sich erproben dürfte.

Grund-

Grund und Profil - Ris, von einem Frischfeuer.

AAAA. Grundris von dem Hüttengebäude selbst
- D. die Feueresse
- b. ein eiserner Pfeiler
- c. das Frischfeuer
- d. die Form
- e. die Deuten
- ff. die beiden Blasebälge
- gg. die Blaswelle
- h. das Blasrad
- i. die Arme in der Blaswelle
- kk. die Angewelle worauf die Welle ruhet
- ll. die Zapfenklözen
- mm. die Wellkapfen
- NNN. die Sohlhölzer
- oo. die Sohlkastens, wo die beiden Trahmfäulen befindlich sind
- p. der Sohlkasten, wo die Raitelfäule drinne stehet
- qq. die Sohlkasten wo die Büchsenfäulen drinne stehen
- r. die Hülse
- s. der Hammer wo das Helm dran befestiget ist
- t. der Hammerstock
- u.u.u. die Hammerwelle, das Hammerrad, und die Hammerarme
- vv. die Angewelle

Diesem folgt der Profilris von dem Hammerwerke.

- 1. Das Helm, nebst daran befindlichen Hammer.
- 2. das Helmblech, welches an das Helm befestiget ist
- 3 der Ambos
- 4. der Hammerstock
- 5.5.5. die Welle und das Hammerrad
- 6. die Hammerarmen
- 77. die beiden Trahmfäulen
- 8. der Trahmbaum
- 9. die Raitelfäule

B 3

10. die

10, die Büchfenfäule
11, der Raitel
12,12, die Sohlhölzer
w,w, Provil-Rifr der Feuereffe
x, das Frifchfeuer
y, die Form
z, die Deuten
zz,zz, der Frifchbalg
a' die Balgfchramme
b' der Balgftrich
c' die Hebefchiene
d' die Blafewelle
e'e' die Armen in der Blaswelle
f'f'f' das in Peripherie fich zeigende punctirte Blasrad
g'g' Profil-Riß von der Welle, wie fich felbige bei den Armen in ihrer ganzen
    Peripherie praefentiret.
h'h'h'h' die Armen welche Kreuzweife durch die Welle gehen, und nochmals
    mit Holz aufgelegt
i'i'i'i' Profil-Riß von einem 8eckigten eifernen Wellkranze.
k'k'k'k' die Armen, welche ebenfalls von Eifen, und mit Holz aufgelegt.

Anfchlag,

zu Vorrichtung eines Kleyf-Senfen, oder
Blankfchmiedehammers, nebft einem Riß fub A.
und find die Preife in Louisdor zu 5. rthr.
angefetzt

	rthr.	gr.	pf.
Vor eine Welle zum Hammerwerke, 13. Fuß lang, am Sammende 30. Zoll ftark, Hauerlohn	5.	—	
Diefe Welle zu kochen, die Zapfen einzufetzen und die Welle einzuziehen, auch die hölzernen Anwelle zu wachen ꝛc.	6.	—	
das Hammerrad zu machen 8. Fuß hoch, 3 Fuß 6 Zoll im lichten weit gefchaufelt, 1 Fuß 1 rthr.	8.	—	
das Hammergeräfte zu machen und hinzufetzen	10.	—	
zwey Hammerftöcke zu hauen und zu fetzen	4.	—	

Latus 30.

Vor

		Rthlr.	gl.
	Transp.	30.	
Vor eine Welle zum Schleifwerke, zu hauen und hinzuziehen.		5.	
das Rad daran zu machen		5.	
das Getriebwerk und hölzerne Anwelle hierzu zu machen		10.	
das Gerüste zum Blaßbalge zu machen, welches durch das Schleifrad mit getrieben werden muß		3.	
2. Creutzzapfen zur Hammerwelle à cl. 5 rthlr.		25.	
1. Cräntze dazu 6. cl. — à 2½ rthlr.		13.	
4. Büchsen dazu 6. cl. à 2½ rthlr.		13.	
2. Anwelle dazu 1. à 2½ rthlr.		4.	8.
4. gestählte Hämmer 2 cl. à 6. rthlr.		12.	
4. dergl. Amboß 8. à 6.		48.	
2. Hülsen 2½ cl. à 6.		15.	
2. Zapfen zum Schleifwerke 2½ cl. à 5 rthlr.		12.	12.
1. Amboß zum Abrichten 2. cl. à 2½		4.	8.
einen Sperrhacken 1 cl. 6		12.	
einen Schraubstock		8.	
2. Anwellen zum Schleifwerke 1. cl.		2.	6.
einen Schleifstein 4 Fuß hoch, 10. Zoll breit		8.	
die eiserne Welle dazu		5.	
Bände, Rinken Ketten, Handhämmer, Schröters Zangen 2c. dazu 6. cl. Stabeisen à 3½ rthlr.		21.	
solche Geräthschaften zu verfertigen		15.	
einen doppelten ledern Blaßbalg		14.	
eine Schmiedeforme		2.	
zwey Schaalen in dem Hammerstock, 6. cl. à 2½ rthlr.		13.	
die Feuereße zu machen		50.	
	Latus	360.	

	rthlr.	gr	pf.
Transp.	360.		
Vor die Gerenne auf die Räder, und Geschütze dazu zu machen :c.			
Nagel zu den Rädern, Wassergerennen :c.	12.	—	—
allerhand Tagelöhner und unvoraussehliche Nebenkosten :c. :c.	30,	—	—
	30.		
Summa —	432.	10	—

Anmerkungen.

1. Es sind in diesem ganzen Bauanschlage die Kosten etwas höher gerechnet, als man gewiß weiß, daß solche kommen, damit man versichert sey, daß kein Nachschuß nöthig.

2. Die Fuhrlöhne kann man nicht bestimmen, weil die Distancen unbekannt sind.

3. Was das Gebäude selbst betrift, so ist dazu ein Raum nöthig 30. Fuß lang, 20. Fuß breit; ingleichen eine Kohlenschuppe von Schwarten zusammen geschlagen, in welcher 36. bis 40. Fuder Kohlen Raum haben: den Anschlag hievon kann ein jeder Zimmermann machen, und kommet solches auf die Bauholz Preise und Ziegeln an.

Ausrechnung,

A Wie hoch das Dutzend zu stehen kommen wird.

1) Zu 12. Sensen ist an Stahle nöthig 30. Pfund, der Centner kostet 10. rthlr. beträget · 2. 15. 2.

2) Hiezu sind an Kohlen nöthig 5 halb. Mß. das Fuder zu 14. Mß., oder 160. Braunschweiger Himten, deren 40. 12. Dreßdener Scheffel machen; das Fuder 8. Thlr. beträgt · — 6. 11.

3) Arbeitslohn vors Dutzend · — 12.

4) Repara-

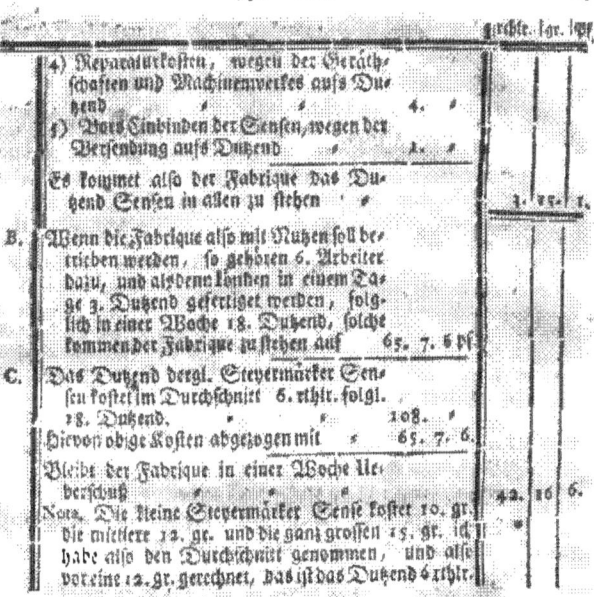

		gr. rthlr. gr. pf.
4)	Reparaturkosten, wegen der Geräth- schaften und Machinenwerkes aufs Du- tzend	4. -
5)	Vors Einbinden der Sensen, wegen der Versendung aufs Dutzend	1. -
	Es kommet also der Fabrique das Du- tzend Sensen in allen zu stehen	3. 15. 1.
B.	Wenn die Fabrique also mit Nutzen soll be- trieben werden, so gehören 6. Arbeiter dazu, und alsdenn können in einem Ta- ge 3. Dutzend gefertiget werden, folg- lich in einer Woche 18. Dutzend, solche kommen der Fabrique zu stehen auf	65. 7. 6 pf
C.	Das Dutzend dergl. Steyermärker Sen- sen kostet im Durchschnitt 6. rthlr. folgl. 18. Dutzend,	108. -
	Hievon obige Kosten abgezogen mit	65. 7. 6.
	Bleibt der Fabrique in einer Woche Ue- berschuß	42. 16. 6.
	Nota. Die kleine Steyermärker Sense kostet 10. gr. die mittlere 12. gr. und die ganz grossen 15. gr. ich habe also den Durchschnitt genommen, und alse vor eine 12. gr. gerechnet, das ist das Dutzend 6 rthlr.	

Anmerkungen.

ad A.) Es giebet zweyerley Sorten Klopf-sensen; eine kleine, welche Grase-sensen genennet werden, davon wieget das Stück 1¼. Pfund, bisweilen ein paar Lo h darunter auch drüber: die grosse Sorte heissen Korn-sen-sen, und haben 2¼. Pfund an Gewichte; man hat hier beyde Sorten im Durchschni t genommen.

Die Kohlen-Consumtion scheinet sehr geringe angegeben zu seyn; sie ist es aber nicht, da diese Sensenstäbe auf der Rafinir-Stahlhütte gleich

C

gleich dünne als Federstahl ausgeschmiedet werden, und keine Schweiß-
hitze erfordern.

Schleiffensen haben das Duplum an Kohlen nöthig.

Ein gleiches ist bey dem Arbeitslohne zu merken; es lassen sich mit
leichterer Mühe 3. Klopffensen, als eine Schleiffense machen, weil diese
vorgelegten Stahl erfordern, welches in groben und dicken Stücken
geschehen muß und also beym Ausrecken mehr als drey Hitzen erfordert.

ad B.) Bey dieser Gelegenheit muß ich einige Erwähnung von denen hiezu
nöthigen Arveiten thun: Es darf nur ein Meister verschrieben werden, wozu gar nicht nöthig ist, solchen aus Steyermark zu nehmen,
sondern man kann solchen aus dem Sauerlande, oder Hannöverschen
bekommen; ob gleich daselbst keine Klopffensen, sondern Schleiffensen gemacht werden: denn ein Schleiffensenschmidt kann Klopffensen,
dieser aber keine Schleiffensen machen. Ein solcher Meister kann einen gelehrigen Schmiedeburschen das Recken in kurzer Zeit lernen,
und damit sind beyde Hämmer, der Reck- und Breite-Hammer be-
setzt, welche beyde an einer Welle liegen.

Zum Einwärmen ist gleichfalls nur ein Schmiedebursche vom mäßigen Geschicke nöthig, welchen nur bedeutet werden muß, was gelb
und Rothwarm ist.

Der Zubringer ist ein bloßer Lehrbursche.

Zwey Fertigmacher, welche die Angel- und Sense richten, dieses
können ein paar gemeine Schmiedebursche am besten und in kurzem
von dem Meister lernen.

Alle diese Leute haben in den ersten Wochen ein etwas geringes
Lohn, wenn sie aber erst in der Uebung sind, und täglich 4, 5, bis 6.
Dutzend machen können, vermehret sich ihr Lohn aufs Duplum, so wie
sich ihr Fleiß und Geschicke verbessert.

Wer recht sicher gehen will, der wird wohl thun, wenn er von jeder Sorte, sowohl von Tonnen- als Rafinirten Stahl, etwan ½ oder
¼ Centner zur Probe kommen lässet, um damit sichere Versuche anzu-
stellen, ob oder welche Sorten sich am besten zu dieser Arbeit schicken.
Jede Sorte müßte deutlich bezeichnet werden.

Etwas

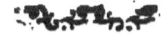

Etwas vom Stahlmachen.

Die Stahlhütten können, wenn der Stahl gut, und genugsamer Debit davon ist, nach Proportion noch einen weit größern Ueberschuß, als Eisenhütten thun, weil der Centner Stahl ordinair 2. mal so viel und darüber, als das Staabeisen gilt, und doch Stahl keinen mehrern Abgang an rohen Eisen macht, auch keine sonderliche Kohlen- und Schmiedekosten mehr erfordert, als das Staabeisen.

Es kann auch Stahl (als welches wie schon gedacht fast blos Artis und wohl kein eigenes Metall in substantia ist) wie sonst viele Gelehrte dafür halten, aus allen Eisenstein, er sey am Tag, oder unter der Erde, gewachsen, das ist Lese- oder Grabenstein, so fern er nur nicht Kupferschüßig ist, gemacht werden, und bestehet nächst einigen Handgriffen, die übrige Kunst nach einiger Meynung hauptsächlich nur darinn, daß, erstlich solcher Stein, wenn er reinlich gefodert ist, durch Lesen, die nicht allzugroß und weit, als z. E. die Harzer hohe Lesen sind, auch reinlich geschmolzen und statt deren Gänße alle vier Stunden, damit das Eisen nicht zu lang in Heerde stehe, Scheiben wie die großen Pfannkuchen daraus gestochen und lauffen gelassen werden. Zweytens, daß dieselben Scheiben dann sogleich noch in ihrer Gluth, wenn sie aus dem Ofen kommen, in klares fliesendes Wasser, das zu dem Ende und vom Blasrade durch die Hütte geführet werden muß, geworfen und ihnen darinn der Schwefel und die Kupferessenz genommen werden. Hernach

Drittens, daß solche Scheiben in Stücken geschlagen und in dem Frischheerd, der ohngefähr wie ein Braunschweigischer Himbe groß in der Circumferentz seyn muß, ganz fliesend wie Wasser mit weichen und kleinen Sorten Kohlen eingeschmolzen werden.

Viertens aber, daß insonderheit die Form in diesem Heerd, die auch von Eisen und nicht von Kupfer seyn muß, darnach gelegt und solcher Heerd oben mit einem Blech, als welches das Auffspringen des Stahls wehret, verdeckt werde, da es dann doch allemal in 3. bis 4. Stunden zum Frischstücken ausgeschmiedet werden und hernach in das dritte Feuer, wo es noch ferner die Härte und die Feine bringt, zu Faßtonnen oder andern Stahl fertig gemacht werden kann, und wenn es etwan ein- oder andermahl die rechte Art im Heerde nicht krieget, so stehet es mit geringen Mitteln wieder zu rechte zu bringen.

E 2   Indessen

Indessen ist doch nicht ohne, daß sich ein Eisenstein besser darzu, wie der andere schickt, und zwar nach vieler Meynung, der am allerbesten, der das geschmeidigste Eisen giebt, wie zum Beyspiel der Gittelsche Stein am Harz, der auch sonsten Deut genannt wird, wobey denn der Geschichte nach, zu Gittel vor dem die besten Stahlhütten in dieser Gegend gewesen und davon die Schmiede hernach nach Suhl und Schmalkalden erst hingekommen seyn sollen, und kann man nicht begreifen, warum man die Sache zu Gittel hat eingehen lassen, weil doch der Harz nachher noch immer mehr Stahl zu den Bergwerken mit gebrauchet hat, und für solchen Preis, wie er von aussen hinein gekaufet wird, wohl so viel mehr Kohlen, da es hier an Eisenstein darzu nicht fehlet, auch von 5. bis 6. Meilweegs her, mit zugekaufet werden könnten und doch noch ein guter Profit davon übrig bliebe.

Auch im Bayreuthischen bricht ein spätigter Eisenstein, welcher dem Nassau-Saarbrückischen Stahlstein ganz ähnlich ist, und aus welchem man mit der grösten Wahrscheinlichkeit einen guten Stahl erhalten dürfte, und ist besonders, daß zumahl in dortiger Nailaer Bergamts-Revier, wo er häufig vorgefunden wird, er wenig geachtet wird. Man ist durch die vielen mißlungenen Versuche überhaupt iezt zu mißtrauisch worden, so daß man fast ieden sich angehenden Stahlmacher für einen Betrüger hält, worüber denn die Oerter, wo das Stahlmachen, so wie bey uns das Staabschmieden, als ein Handwerk getrieben wird, sehr froh seyn können.

Was übrigens den cementirten Stahl angehet, so muß ich vorhero noch einige Geheimnißvolle dießfalsige Processe mittheilen, welches zulezt ein dem wahrscheinlichen am nähesten kommendes beschliessen wird. Eine geringe Prob wird den neugierigen Leser bald überführen, was er davon zu halten hat, nur muß der Versuch wiederhohlet werden, ehe man ein Urtheil fällen wird.

Daß in England bloser Cementstahl gemacht wird, besaget der 2. Th. der Institutes of experimental Chymistry, darinnen kommt unter andern vor: In England macht man den Stahl blos durchs cementiren, worzu denn die Eisenstangen in einem dem Feuer widerstehenden Gefäß müssen eingeschlossen werden.

Man hat dabey den Vortheil, daß man die Steinkohlen brauchen kan, und H. D. versichert, man werde die Materie zu dergleichen Gefässen wohlfeil und leicht in England finden ꝛc.

Daß

Daß in Sachsen dergleichen ebenfalls gemacht worden, bezeuget folgender Extract aus dem Leipziger Intelligenzblatt No. 21. 1765. Fol. 175. Eine Churfürstl. Landes-Oeconomie-Manufactur und Commercien-Deputation hat in gegenwärtiger Messe die von verschiedenen Personen, zu Erlangung derer in dem Avertissement vom 15 Julii vorigen Jahres auf Ostern dieses Jahres ausgesetzte Prämien eingereichten Angeben, nach denen vorgeschriebenen Bedingungen untersucht, auch nach Beschaffenheit der Sache von Kunstverständigen Personen beurtheilen lassen ꝛc.

1) Dem Hammerwerksbesitzer Reinhold zu Erla ist wegen des aus innländischen Eisen gefertigten Stahls, welcher unter denen von verschiedenen eingereichten Proben vor den besten erkannt worden, der sub No. 7. ausgesetzte Preiß an

150. Thlr.

gereichet worden.

Indessen beyde Nachrichten sind bey mir von keiner großen Wichtigkeit, da in England meist Steyerscher Stahl raffiniret wird, wie in der erstern Abhandlung bereits erwehnt worden, theils in Sachsen der Prämie ohnerachtet noch weiter keine Stahlfabrique als die bekannten aufgekommen ist.

Noch weniger befremdet mich die folgende Dreßdner Anzeige vom Jahr 1765.

Auf die No. 14. Art. VII. S. 81. des Leipziger Intelligenzblatts, wegen einer Parthie im Lande gefertigter Sensen, Sicheln und Futterklingen beschehene Nachfrage, dienet zur Antwort, daß dergleichen aus innländischem Eisen verfertigte und dabey zu Folge der bereits durch Kunst verständige Personen geschehenen Untersuchung denen besten Kärnthnern und Steyermärkischen gleichkommende, auch zum Theil sie noch übertreffende Sensen, Sicheln und Futterklingen, sowohl glatt als gezahnt, bey dem in Friederichstadt bey Dreßden wohnenden Zeugschmidt Zschocken um billigen Preiß zu haben sind, auch in hiesiger Gegend bereits häufig bey selbigen bestellet worden. Dreßden den 26sten Mart. 1765. indem dergleichen alles noch nicht das ganze ausmachen; wobey ich anführen muß, daß es so weit mehr zu bedauern war, wenn ein gewisser Hammerwerksbesitzer zu Bayreuth ehemaln so wenig von der Landesherrschaft, unterstützt wurde, da er mit den schweresten Kosten und Gefahr die vielen Leute zu einer solchen Fabrique

C 3

eique aus Steuermark hergezogen, die auch in der That gute Waare machten, und zwar aus innländischem Stahl.

Nun komme ich auf die Processe selbst:

1ter Proceß.

Wenn man eine kleine Probe von 8. bis 10. und noch mehrern Pfund
Eisen machen will, so nehme man einen großen schwarzen Schmelztiegel, laße
sich gutes Eisen geben, welches geschmeidig und weich sey, und nicht dicker
als 2. bis 3. Messerrücken. So lang muß man es abhauen laßen, wie man
es in den Schmelztiegel plan kleinlegen kann, und dabey ist zu observiren,
daß jedesmahl von einer Lage zu der andern des Eisens eine gute Handbreit
hoch Kohlenstaub von Buchenholz zu liegen komme, alsdenn den Deckel
auf den Schmelztiegel wohl verlutiren, setze solchen in einen guten Windofen und gebe ihm Feuer, daß der Tiegel allezeit bedeckt sey mit Kohlen, und
Raum habe um den Tiegel herum, aufs wenigste eine gute Handbreit hoch,
damit die Kohlen wohl um den Tiegel herum fallen können und gebe 24.
Stunden lang Feuer, so wird man einen extra feinen Stahl machen. Der
Kohlenstaub von Buchenholz wird gröblich gestoßen und ein wenig ange-
feuchtet, damit solcher nicht stäubet, sodann eine gute Hand breit hoch davon unten in den Schmelztiegel gethan und mit einem dazu bereiteten Bret
gleich und feste zusammen gedrücket, dann bestreichet man mit einem groben
Pinsel mit der NB. Mixtur das Eisen auf allen Seiten recht wohl und leget
solches flach auf den Kohlenstaub neben einander, dann legt man wieder
Kohlenstaub eine gute Hand breit hoch, dann wieder bestrichenes Eisen
auf dieses Lager von Kohlstaub, dann wieder Kohlenstaub und so verfähret
man bis der Schmelztiegel voll ist, wobey zu observiren, daß gleich wie unten in Schmelztiegel Anfangs Kohlenstaub geleget und feste zusammen gedrücket worden; Also auch oben auf bey der letzten Lage des Eisens, wieder
Kohlenstaub geleget werden muß, auch jede Lage gleich und feste zusammen
zu drücken ist.

Wann die 24. Stunden vorbey, läßt man den Schmelztiegel erkalten,
nimmt das Eisen heraus, ebenso, wie man es hat hineingelegt, so wird man
befinden, daß das Eisen allerhand Farben an sich genommen hat, welches
ein Zeichen, daß es ein extra guter Stahl ist.

Nun muß man solchen ausschmieden laßen und 2, oder 3. mal über-
werfen, so wird man das feinste Korn haben und den härtesten Stahl.

NB. Muß

NB. Muß wohl observiret werden,

1) daß man den Stahl lasse ausschmieden in einer reinen gesäuberten Feueresse, darinnen keine Schlacken von Eisen mehr sind, sonsten kann der Stahl nicht rein ausgestrecket und geschmiedet werden, er bekommt sonsten Eisenhaltige Strahlen, welches nichts nütze, wenn aber der Schmied oder Schlosser seine Feueresse recht säubert, so wird er auch einen rechten Korn Stahl erhalten.

2) Muß der ausgeschmiedete Stahl, wenn solcher noch Kirschroth glühet, in ein frisches Wasser ganz geworfen werden, damit er recht hart und fein Körnich werde, woraus man alsdann allerhand Instrumenta perfectigen lassen kann.

Schluß ich ist noch anzumerken, daß wann das Eisen oben angeführter massen mit der Mixtur bestrichen worden, man so dies 4. und noch mehr Stunden liegen lassen kann, damit selbige desto besser penetriren möge, und ehe und bevor man das Eisen in den Schmelztiegel thut, muß man es nochmalen recht wohl und dick bestreichen und nach vorher beschriebener Weise in den Schmelztiegel legen.

2ter Proceß.

Verzeichniß eines treuen Stahlofens:

1) Muß die Mitte und Länge nach den Ziegeln genommen werden.
2) Inwendig 3. Ziegeln hoch einen Absaz auf beeden Seiten.
3) Einen kleinen Rost darauf, einen kleinen Zoll weit von einander.
4) Niederrum mit guten Ziegeln ausgesezt.
5) So breit der Kasten, mit den durchaus zwey schmale Ziegel hoch, jedoch, daß die Fuge des Bodens mitten auf den Ziegeln zusammen gehet.
6) Der Kasten muß drey breite Ziegel hoch werden, neben mit schmalen Ziegeln wohl verwahret.

Zusaß.

1) Auf 14. Cent. ½. Salz, ½. Horn, ½. Asche, ½. Büchene gepochte Kohlen, 4. Pfund gestossenen Alaun, das wohl unter einander gemenget und sodann davon eingesezt.
2) Auf 12. Centner halb so viel.
3) auf 6. Centner muß die Materia ein wenig schärfer gemachet werden, weilen die Hize nicht so groß und die Materia solches zwingen muß.

3ter Vorschlag.

Meine (nehmlich des gelehrten Arcaniften) durch eigenes Nachdenken selbsten gefundene Stahl-Machungs-Operation ist eine Species praecipitationis persusionem, da eigentlich die reinern und schweren Theile des Eisens von dessen realgallischen, nur einen und leichtern Theilen abgeschieden werden denn das zugleich das Eisen einen Zusaß von einem härtenden Wesen und von mehrern inflammabili erhält, so ipso sofort zu einem guten Stahl disponiret wird.

Das Hauptwerk dieser Operation bestehet eigentlich darinnen, daß man dem mineralischen Mixto des Eisens etwas nicht kostbares und mittelst eines Handgrifs ziemlich fix gemachtes Mengsal (damit es in dem stärksten, offnen unmittelbaren Feuer, nicht so leicht echappiren, oder sich verschlacken und vitresciren, somit seine würkende und eindringende Kraft in das Eisen nicht verlieren möge) zusetzet, welcher mit den leichten, spröden und unreinen Wesen eine nähere Verwandschaft hat, und sich mit ihme eher associiret und zusammen begiebet, oder solches lieber angreifet, destruiret, oder wegschaffet, und also die guten reinen und schweren metallischen Theile davon befreyet, daß diese sich alsdann feiner, dichter und derber zusammen begeben und durch die leichte abgeschiedene unreine Materie hindurch bis zum Boden gehen und fallen und folglich mit Hülfe des zugleich beygebrachten durch einen besondern fast gar nichts kostenden Zusaß (wegen des mächtigen Feuers) ziemlich gebundenen subtilern mehrern inflammabilis und härtenden Wesens, ein weit compacteres, feiners und härteres Eisen, oder besser und mit einem Worte einen von Grund aus tüchtigen und beständigen Stahl, den man von einer solchen starken Härte und Feine machen kann, als man nur selbsten will, persusionem folglich darstellen und indem er noch glühend ist, so fort zum fernern beliebigen ausschmieden überliefern können.

Nota.

1) Der Zusaß kostet nehmlich auf 1 Pfund Eisen gerechnet, kaum 1 Pf.

2) Das Eisen verliehret hierdurch von seinem vorigen Gewichte wenig oder nichts.

3) Es ist wahrscheinlich, daß diese Operation auch in großen succedire oder von statten gehe, gleich wie man in kleinen die Probe bereits gemacht hat.

4. Kann

4) Kann alles Eisen, es sey alt oder neu, hierzu gebraucht werden, je reiner aber das Eisen schon an sich ist, je weniger braucht man von dem Zusatz, und je besser und leichter gehet die Operation von statten.

5) Den importanten Nutzen hievon und wie vieles Geld dadurch in einem Lande jährlich behalten, auch wohl ins Land herein gezogen werden kann, wird jeder Verständiger leicht selbst ermessen.

(Sapienti sat: Satis inuitatoria.)

Eisen durch die Cementation auf Stahl zu probiren, ohne Rückhaltung, dem Versucher zum Besten.

Man nimmt dazu ein von gutem in Feuer stehenden Thon gefertigtes Kästgen in Gestalt eines kleinen Särgleins, welches aber einen Zoll haben muß, damit der Deckel gut darauf passet und stehet, 1. Schuh lang, 4. Zoll breit, und 6. Zoll hoch, lässet alsdann von dem Eisen, so probirt werden soll, kleine Stäbe von der Länge des Kästgens, und ⅓ Zoll dick schmieden. In das Kästgen wird auf dem Boden ½ Zoll hoch buchene Kohlen-Lösche gethan, und etwas Federweiß darauf gestreuet, worauf die Stäblein Eisen, nachdem solche vorhero mit Oleo terræ per deliquium mittelst eines Pinsels bestrichen worden, also geleget werden, daß zwischen den Stäben ¼ Zoll Raum verbleibet. Sodann wird gleichfalls etwas Federweiß gestreuet, und buchene Kohlenlösche ½ Zoll hoch da auf gebracht, auch wiederholter etwas Federweiß gestreuet, und die mit vorher gedachten Oleo terræ per deliquium bestrichene Stäbe eingeleget, so mit stratum super stratum damit continuiret, bis das Kästgen voll ist, worauf der Deckel gelegt, und verlutiret, schnuraber, wenn das Lutum getrocknet, das Kästgen in einem Töpfer Ofen, wo das Feuer den stärksten Grad hat, eingesetzt werden kann, wovon man alsdann, wenn die eingesetzten Stäblein ausgeschmiedet werden, einen sehr guten Stahl erhält. Ist diese Methode im kleinen gelungen, so wird es nicht schwer halten, sie im großen auszuführen.

Ueber das Buchführen, bey einem großen Eisenhütten-Werk.

Zum rechten und regelmäßigen Betrieb der Hüttenwerke und damit verbundenen Handlung wird auch hauptsächlich erfodert, eine ordentliche, deutliche und besonders accurate und richtige Führung derer, sowohl zur Fabrication allerley Sorten Eisen, Blechen rc. als auch der Caßa und Ein- und Verlauf der rohen Materialien und Waaren gehörigen Bücher, damit man sich zu allerzeit (ohne erst weitläuftige und Zeit versplitternde Extracte zu fertigen) in der Kürze über alle Vorfälle belehren kann. Die zum Hüttenwerke und Fabrication des Eisen, Blech rc. gehörigen Bücher bestehen vorzüglich

1) in dem Buch, worinnen einer ieden Sorte, Eisenstein, sowohl derer, die auf denen Zechen, als derer, die auf denen Hüttenhöfen liegen, ein Conto besonders mit Debit und Credit gegeben wird.

Im Debet werden alle bey der Uebernahme vorräthig gefunden Steine laut dem darüber gefertigten Inventario unter dem nemlichen Dato, wie solches lautet, angetragen, desgleichen alle von Zeit zu Zeit einkaufende, unter dem Dato, wo sie in Empfang genommen.

Was der Steinpocher empfängt, wird diesem Conto in Credit abgeschrieben, und demselben debitiret.

Was der Steinpocher zum Hohofen erkauft, wird ihm gleichfalls wie den Steinconten wieder creditiret ¼ jährlich, ½ oder doch wenigstens alljährlich beym Abschluß aller Bücher wird der vorräthig gepochte Stein creditirt, der durch das Pochen erfolgte Abgang als Abgang ins Credit gebracht, das wirklich vorräthige desgleichen, und so muß sich Debet und Credit subleren. Nach erfolgtem Abschluß wird der vorräthige als Sache von dortigen wieder zu neuer Verrechnung in Debet vorgetragen.

2) Einem Holz- und Kohlenbuche. In diesem bekommt iede Art Holz ihr Conto mit Debet und Credit. Was übernommen wird, kommt unter dem Dato, da solches geschehen in Debet und so wie es denen Köhlern zum verkohlen angewiesen wird, auf die nemliche Art in Credit. Jeder Köhler bekommt sein Conto, auf welchen ihm das empfangene Holz debitiret und hingegen die gelieferten Kohlen wieder creditiret werden.

Die fertigen Kohlen bekommen ihr Conto, auf welchen die von den neuen Köhlern gelieferten debitiret, und die zum Hohofen und Hütten abgegeben creditiret werden.

3) Einem Schmelzbuche.

In diesem wird dem Hohofen debitiret was derselbe an Steinen und Kohlen empfängt und das erzeugte Roheisen creditiret.

4) Einem Eisen- und Blechbuch. In diesem bekommt das Roheisen sein Conto. Was eingeht, wird demselben debitiret, was die Frischenceyen empfangen, wird creditiret.

Die

Die Gußwaaren bekommen ihr Conto, was vom Hohofen geliefert wird, wird demselben debitiret, was die Hütten empfangen,
oder sonsten verwendet wird, so wie auch dasjenige, so verkauft wird,
wird demselben creditiret.

Jeder Frischmeister, Blechmeister, Zeugschmidt rc. bekommt sein
Conto und wird gleichfalls wie vorstehend damit procediret. Mit den
fertigen Eisen als Stabeisen, Zayneisen, Schienen rc. hat es gleiche
Bewandniß wie mit den Gußwaaren.

5) Einem Zinnbuche.

In diesem bekommt der Zinnermeister sein Conto, und wird demselben alles was er empfängt debitiret, im Gegentheil werden ihm die abgelieferten verzinnten Bleche wieder creditiret. Die fertigen verzinnten Bleche bekommen ebenfalls ihr Conto, und es wird gleich dem fertigen
Eisen und Gußwaaren behandelt.

6) Einem Arbeits-Lohnbuche.

Darinnen wird das verdiente Arbeitslohn eines jeden Arbeiters, es
sey Köhler, Einrücker, Frischmeister, Hohofenarbeiter, Bergmann,
Fuhrmann rc. unter dem Dato, wo mit demselben abgerechnet wird und
dessen Conto saldiret ist, eingeschrieben, monatlich abgeschlossen und dem
Cassa-Credit verrechnet.

Aus diesen Büchern nun (zum vorausgesetzt, daß selbige richtig geführt und abgeschlossen sind) kann man über jedes abgeschlossene Conto
sehr leicht eine Calculation fertigen, und also zu aller Zeit erfahren, wie
hoch jede Sorte Kohlen, Eisen rc. zu stehen kommt, auch wie weniger Wür-
he alle Bestände von Steinen, Rauheisen rc. erstehen.

Die zu einer richtigen, deutlichen und klaren Untersuchung der Cassa
führende erforderlichen (wenn es nicht Cassa Brouillon bleiben soll) unumgänglich nöthige Bücher sind:

1) Ein Comtant-Verkaufbuch, worinnen alles, was für baar Geld verkauft,
oder auch was für baar Geld verrechnet wird, als Eisen, Getrayd rc. (so
die Einrücker, Köhler, Hüttenarbeiter rc. empfangen und ihnen als baar
Geld angeschlagen wird) eingeschrieben wird, welches monatlich abgeschlossen und dem Cassa-Debet verrechnet wird.

2) Ein Hütten-Unkostenbuch, worinnen alle zu denen Hütten gehörige Unkosten specifice eingeschrieben, monatlich abgeschlossen und dem Cassa-Credit verrechnet werden.

3) Ein

3) Ein Handlungs-Unkostenbuch, worinnen alle Handlungs-Unkosten eingeschrieben, monathlich abgeschlossen, und dem Cassa-Credit verrechnet werden.

4) Ein Pferd-, Schiff- und Geschirr-Unkostenbuch, wie vorstehend.

5) Das Arbeiterlohnbuch, dessen oben bey denen zur Fabrication gehörigen Büchern gedacht, wie vorstehend.

6) Ein Bey-Cassabuch. Weil die Hütten- und Fabrique-Arbeiter selten in den Umständen sind, daß sie bis zur gänzlichen Abrechnung ihrer verfertigten Arbeit mit dem Arbeitslohn in Gedult stehen können, so ist ihnen ein proportionirlicher Vorschuß zu geben unvermeidlich, doch auch im wircklichen Hauptbuch ein Conto zu halten zu weitschweifig, dahero ist nöthig einem ieden in diesem Bey-Cassabuch ein Conto zu geben, der baare Vorschuß ist ihm sowohl, als der Vorschuß an Getrayd, Eisen ꝛc. welches ihnen in Con auten-Verkaufbuch als baar verkauft verrechnet wird, als baar Geld in Debet und dasjenige, was ihnen bey der Abrechnung abgeredet wird, ebenfalls wieder als baar Geld in Credit zu bringen, alles oder was sich bey einem Cassa-Ueberschlag in dessen Debet befindet, ist zum Cassa-Saldo als baarer Bestand zu verrechnen.

7) Das wircklche Cassabuch. Darinnen werden alle eingehende Posten nach dem Dato specifice so wie beym Schlub des Monaths der Contant Verkauf summarisch in Debet, die ausgegebene Posten specifice, zugleichen die Hütten-, Handlungs-, Pferd ꝛc. Unkosten und Arbeitslohn ꝛc. beym Monathschlub summarisch in Credit gebracht, monathlich abgeschlossen, der Saldo aber auf nächsten Monath zu neuer Berechnung vorgetragen.

Zu Führung der Handlung, Einsehen des täglichen Absatzes, der wircklich eigenen Fonds, Activ- und Passiv-Schulden, Gewinn oder Verlusts ꝛc. gehören hauptsächlich

1) Eine Strazze oder Cladde. In dieser werden die täglichen Vorfälle, die irgend einer Conto im Hauptbuch, als: Cassa, oder Waarenconto, Activ- oder Passiv-Schulden, Unkosten, Gewinn und Verlustconto angehen, specifice und zwar mit Bemerkung der geringsten Bedingungen eingetragen.

2) Ein Journal.

In diesem werden alle in die Strazze eingetragene Vorfälle specifice mit allen Bedingungen nach dem Dato zu Posten gesetzt und aufs reine gebracht.

3) Ein

3) Ein Hauptbuch.

In demselben werden alle Posten, die sich nunmehro im Journal als einen rechten Handlungsbuche befinden, in doppelten Posten zu Buche gestellt.

(In doppelten Posten, das heißt ein Conto wird dafür Debitor, das andere Creditor, und muß sich das Hauptbuch daher zu aller Zeit bilanciren.)

Beyde dieser letztern Bücher müssen von einer Hand geschrieben seyn, und dienen daher (ausser denen, daß man die Lage des ganzen Werks leicht übersehen kann) noch besonders dazu, daß wenn man von bösen Schuldnern keine Bekenntniß der Schuld als Wechsel und dergleichen in Händen hat, und sie derjenige, der sie geschrieben hat, als richtig beschwören kann, daß sie dadurch nach denen mehresten Landesgesetzen die Forderung vor Gericht liquid machen.

Ausserdem werden noch erfordert

4) Ein Copeybuch.

In welchem alle abgehende Handlungsbriefe zur Nachricht eingetragen werden.

5) Ein Bestellungsbuch.

In welchem alle eingehende Bestellungen eingetragen, und nach demselben denen Arbeitern vertheilt werden, damit nicht einige derselben doppelt angefertigt, und andere vielleicht wieder ganz übersehen werden.

Alle Bücher werden jährlich abgeschlossen, ein Inventarium errichtet, alle Conten, woraus nichts wieder zu nehmen, als Handlungs, Pferd, Schiff- und Geschirr-Unkosten-Conto ꝛc. reguliret, auf Gewinn und Verlust Conto getragen und endlich die Bilance gezogen, woraus sich alsdenn ersiehet, ob das Werk bis dahin gewonnen oder verlohren habe.

Dieß alles gehört zur Ordnung. — Man wird zwar nicht sehr viele Werke finden, wo es so eingerichtet ist, aber man wundere sich auch nicht, wenn weder Besitzer, noch Factor anzugeben weiß, wie theuer ihm jede Sorte komme — es wird so auf Gottes Barmherzigkeit fortgearbeitet. —

General-Bilance über die Braunschweigischen Hütten, bey Gelegenheit einer Pachts-Entreprise entworfen.

Demenn das Papier allenthalben geduldig ist, so sind doch Anschläge immer üblich, weil sie Kennern mehr Gelegenheit zum Nachdenken geben. —

Anno

Anno 1727. war der Gedanke einer Pachtung im Werk, und da ich selbst dabey intereſſiret war, ſo muſte ich in das nähere detaille gehen — ich glaube eine ſolche Bilance wäre nicht unſchädlich, wenn ſie jeder Financier von ſeinem Lande anfertigte — ich habe ſie dahero nicht zum Muſter, ſondern nur zum Beyſpiel hier eindrucken laſſen, und will dem Durchlauchtigſten Braunſchweiger Hof wünſchen, daß mein Etat erfüllet werde.

Der verſtorbene Cramer, der ſeiner Angabe nach dieſe Hütten 35. Jahr (wo ich nicht irre von 1731. bis 1766.) dirigiret hatte, hat zwar nicht nur dieſe Bilance revidirt, ſondern er war auch der Meynung, ſie ſey noch zu gering, indeſſen weiß ich nicht, wie viel unter ſeiner Adminiſtration herausgekommen, da ich dieſes nie von ihm erfahren können.

Es iſt indeſſen, wenn eine ſolche Bilance recht orientirt werden ſoll, nicht nur eine Generalerſahrung geſammter Grubengebäude erforderlich, ſondern auch das Kohlweſen muß genau unterſucht werden, und wenn alsdenn letzteres der Direction der Forſtbedienten entnommen, und Adminiſtration oder Pachtung der Juriſdiction ſelbſt erhalten hätte, ſo ließe ſich freylich näher zur Sache treten. —

I. Berechnung.

Ueber die Quantität des producirenden Roheiſens bey einem hohen Ofen und die dazu erforderlichen Koſten.

1) 3000. Fuder Eiſenſtein und
   Fluß à 35. Pfund Gehalt in der Beſchickung incl.
   Bergkoſten und Fuhrlöhner à 22. gr. im Durchſchnitt
   auf alle Hütten im Fürſtenthum Blankenburg .... 1834. rthlr.

2) 1200. Fuder harte Kohlen à 3⅓. rthlr. zu 12. Berliner
   Scheffel .... 4000. ›

3) Wochenlöhner für die Arbeiter incl. Tagelöhner in 44. Wochen à 9. rthlr. .... 396. ›

4) Ober- und Unterbedienten-Beſoldung incl. Deputat-Holz
   Schreib-Materialien ꝛc. in 52. Wochen zur Helfte
   auf den hohen Ofen gerechnet .... 500. ›

5) Baukoſten insgeſammt .... 400. ›

       Summa aller Koſten auf einen hohen Ofen   7130. rthlr.

Ein

Einnahme.

Roheisen.

Wann von 4. hohe Oefen im Fürstenthum Blankenburg excl. deren Wasserleutischen Oefen betrieben worden, so beträgt das jährliche erzeugende Roheisen .... 9811. Ctr. 64 Pf.

Nun. In Wasserleutischen sind 2. hohe Oefen .... 39195. Ctr. —
in dessen Betriebe sind, erfolgen jährlich 1960. Centner des besten Roheisens. Die Forderungskosten, welche auf den Eisensteingruben, belaufen sich viel höher als im Blankenburgischen, hergegen sind die Fuhrlohne, desgleichen auch die sämmtlichen Kosten, welche auf das Rohmesen gehen, weit geringer, so daß eines das andere ziemlich compensiret.

Es würde also das Roheisen-Quantum von 6. hohen Oefen jährlich betragen .... 12947. Ctr.
und an Kosten betragen .... 42780. thlr.

Kostet also 1. Centner Roheisen 17. gr. 9.

II. Berechnung.

Was an 10.000. Centner Roheisen für Ueberschuß bleibt, wenn 1630 Gußwerk in Sand c. gemacht wird.

1) 10000. Centner Roheisen à 17½. gr.

2) Förmerlohn à 2. gr. .... 7491. thlr. 16. gr.
An Formbrettern, ... 833. — 8.
Formkasten und andern kleinen Geräthen
à 2. gr. p. Centner. .... 833. thlr. 8 gr.

Summa 8538. thlr. 8 gr.

Es sind von langen Jahren her die Waaren auf den Factoreyen verkauft worden, und zwar das Gußwerk in Sand vor 2. thlr. auch 2. thlr. 4. gr. bliebe also noch dem geringsten Preise bey dem Gußwerk in Sand vor 1. Centner Ueberschuß 1. thlr. 2. gr. 6. Pf. (neuere Lorbl. Erkundigungen, wie ich im ersteren Theil gedacht, zeigen mir 17. gr. an.) Vor 10000. Centner, 10415. thlr. 16. gr. Bey dem Gußwerk in Stab und ganz kleinen, welches vor 3. bis 5. thlr. 8. gr. verkauft worden, ist der Ueberschuß zweymahl größer, wenn aber von diesen beyden letzten Sorten

ten damaln wenig gemacht worden, so wird dieses der Kürze wegen übergangen.

III. Berechnung.

Was vor Ueberschuß bleibe, wenn das Roheisen zu Staabeisen gemacht werde.

Die Erfahrung lehret, daß bey dieser Art Roheisen aus 3. Centner an Staabeisen 2. Centner. 12. Pf. gewiß erfolgen, welches mit 6. Maaß Tannenkohlen gar wohl geschehen kann.

Das Schmiedelohn vor a. Centner Staabeisen beträgt 11. gr. 4. Pf. denn die 12. Pf. heißen Uebergewichte und werden den Hammerschmieden nicht bezahlt.

Diesemnach würden aus denen von Gußwerk übrig bleibenden 48947. Centner Roheisen, an Staabeisen können verfertiget werden 34348. Centner und die Ausgabe seyn.

			rthlr.	gr.	pf.
1)	48947. Centner Roheisen à 17½. gr.		35690.	11.	6.
2)	97894. Ms. Kohlen à 6. gr.		24471.	⸱	⸱
3)	31630. Centner Staabeisen-Schmied.				
	Kosten à 11½. gr.		7704.	7.	4.
4)	Bedienten-Besoldung				
	sind zur Helfte auf die hohen Oefen, zur Helfte auf die Frischfeuer der Hammerwerke repartirt, diese betragen auf. denen 6. Haupthütten, bey welchen die Hammerhütten vertheilt sind		3000.	⸱	
5)	Baukosten und Reparatur des Hütten-Gezäuns jährlich vor jede Hütte à 180. rthlr.	2160	⸱		
	Summa Ausgab Staabeisen	à 73015. rthlr.	19.	10.

Einnahme

34348. Centner Staabeisen à 3½. rthlr. 120218. rthlr.

bleibt Ueberschuß 47196. 4. 2.

Nota.

Nota. Der hier angenommene Preiß ist der geringste, den man seit 30. Jahren auf dortigen Hütten gehabt hatte, auch ist der Preiß der wohlfeilsten Sorten genommen. Schaaren, Reisen, Stäbe, insbesondere aber das Modeleisen stehet höher und zum Theil zwey bis dreymal höher im Preise. Man kann aber keine gewisse Rechnung darauf machen.

Damit man nun wisse, was alle übrigen Werke, auf denen das Eisen feiner ausgearbeitet wird, vor einen wahren Vortheil bringen, so müssen solche denen Staabhämmern das Eisen vor den courenten Preiß abkaufen. Z.E. die Zaint-Blech-Klingen-Schmidtshämmer rc.

IV. Berechnung.

Ueber die Zaint- und Krauß-Eisen-Feuer.

Es sind deren im Fürstenthum Blankenburg und Stift Walkenried 4. auf welchen jährlich 7000. Centner dieses Eisens können gemacht werden, dazu gehören

		rthlr.	gr.	pf.
1) 7000. Centner Staabeisen à 114. Pfund. p. Centner. 3⅗ rthlr.		24500.	-	-
2) 6000. Maas Kohlen à 6. gr.		1500.	-	-
3) Arbeitslohn 3⅗ gr. p. Centr.		1069.	10.	8.
4) Baukosten auf jedem Hammer 50. rthlr.		200.	-	-
Auf Bedienten Besoldung ist hieben nicht zu rechnen.				

Summa Ausgabe Zaint- und Krauß Eisen - 27269. 10.⅟ 8.

Einnahme.

7000. Centner Krauß- und Zaint-Eisen der Centner à 110. Pfund und wird verkauft
zu 4½ rthlr. - 31500. rthlr.

bleibt Ueberschuß 3130. rthlr. 13. gr. 4. Pf.

Nota. Die sehr feinen Kraußeisen-Sorten sind theurer als die groben und finden sehr starken Abgang; haben aber seithero nicht können gemacht werden.

E

V. Berech.

V. Berechnung.

Ueber Verfertigung des schwarzen Blechs.

Es können zwey Blechhämmer in Gang gebracht werden, einer zur Braunlohn, der andere zur Zorge, und von jeden pp. jährlich 1000. Centner Stürzblech erfolgen.

Zu einem Centner 110. Pfund Stürz-Blech werden an Staabeisen erfordert 1. Centner 10. Pfund, den Centner zu 114. Pfund genommen.

Es erfordern demnach 2000. Centner Stürzblech 2175. Centner 10. Pfund an Staabeisen.

Zu einem Centner Blech auszuschmieden, 3. Maaß Tannenkohlen.

Ausgabe.

1) 2175. Centner, 50. Pfund Staabeisen à 3½. rthlr.	7614. rthlr.	10.
2) 6000. Ms. Kohlen à 6. gr.	1500.	
3) An Schmiedelohn. incl. Beschmieden und Bir.den p. 1. Centner 14. gr.	1184.	
4) Baukosten	400.	
5) Bedienten-Besoldung	250.	

Summa 10848. rthlr. gr. — 10. pf.

Einnahme.

2000. Centner Blech im Durchschnitt à 7. rthlr.   14000.   10. pf.

bleibt Ueberschuß 3151. rthlr. 23. gr. 10. pf.

Recapitulatio.

No. II. Ueberschuß Goßwerck in Sand	11041. rthlr.	16. gr.	
III. Staabeisen	47196.	4.	8.
IV. Krauß- und Zaineisen	3230.	13.	4.
V. Schwarzblech	3151.	23.	4.

Summa des ganzen Ueberschusses 64620. rthlr. 8. gr. 10. pf.

Weises Blech wird auf keiner Braunschweigischen Hütte gemacht, obwohln schon, wie man mir versichern wollen, im Jahr 1764. der Hr. Geh. Rath Wasserleben einen Anschlag nicht nur über die weise Blecharbeit, sondern auch über die ganze Zorgische Hütte angefertigt haben soll, ingleichen soll auch ein Contract zwischen dem Directorio und Jhrigen entworfen gewesen

gewesen seyn, nach welchem diese Hütte 6. Jahre lang gegen ein gewisses Lo-
carium übernommen werden sollen.

(Ein Anschlag über die Klingen-Schmidtshütten ist wegen der vielen
Articul sehr weitläuftig: es sind auch solche, wie ich höre, niemals administriret
worden, sondern die Klingenschmiede haben sich anheischig machen müssen,
so viele Waaren an die Factoreyen vorzüglich zu liefern, als man gegen
einen Profit von 15. p. Ct. hat absetzen können.)

Dieß wäre diese Bilance, wobey die Hypothese vorausgesetzt ist, daß
das angenommene Quantum Eisen jährlich angefertiget und auch
abgesetzt werden kann. Zwey Umstände, die Hüttenverständige, die
geraume Zeit sich dort aufgehalten, näher bestimmen können, denn ein Rei-
sender kann hierüber nie gründlich urtheilen, er gehet ohnehin nur meist auf
data et visa. —

Muster,
für Souverains, die sich eine allgemeine Kenntniß zuschreiben.

Als Anno 1777. auf Anrathen des damaligen Königl. Preußl. Gesann-
ten Hr. von Alvensleben ich den mit dem Cammerrath Cramer ausgear-
beiteten Plan (in Rücksicht des damals denen Preußischen Staaten
fehlenden Eisens, welcher ehemals bereits zu Zeiten des Etats-Mini-
ster von Hagen in Bewegung gekommen war, und der zugleich mit
eine Pachtung derer gesammten Braunschweigischen Hütten zum Gegenstand hatte, dem König zusandte, erhielt ich folgendes Antwort-
Schreiben vom König:

Vester, Lieber getreuer. Unmittelbahr kann ich Euren Mir vorgelegten
Plan des Herzogl. Braunschweigl. Cammerraths Cramer zur Versor-
gung Meiner Länder mit eigenem guten Eisen nicht beurtheilen. Ich habe
darzu nicht hinlängliche Bergmännische Kenntnisse und habe dahero solchen
Meinem Etatsminister Freyherrn von Heiniz als Chef Meines Oberberg-
und Hütten-Departements zur Untersuchung zugefertiget und setze bis zum
Eingang dessen Berichts Meine Entschliessung darauf aus. Indessen bin
Ich Euer gnädiger König

Friederich.

Potsdam, den 11. Decembr. 1777.   an dem von Hofmann nach Dreßden.

E 2   Die

Die ganze Sache schlief hernachmain freylich ein, da eines Theils der nur kurz vorher in Preußische Dienste getretene Staatsminister Freyherr vom Helniz vielleicht einen ganz andern Plan in Sinn hatte, Cramer darzwischen starb, und ein gewisser Graf R.... der mit bey der Sache interessirt war, seine andere Absichten darbey erreicht hatte. — Arbeit, Reisen und Kosten waren dasienige, was mir hierbey übrig blieb. —

Warnung
für alle dieienigen, die Verbesserungen vorschlagen.

Wer anjezt wahrhaft einsiehet, daß Gegenstände einer Verbesserung unterliegen, muß entweder solche gleich dem Publico ohne alle Absicht kund machen, oder lieber gar stillschweigen — es ist ein heimlicher Trieb bey dem Menschen, der erstaunend viel Ueberwindung kostet, einem Menschen Gehör zu geben, der eine Sache besser einsehen will, und es gehört bey vielen nichts als Verstellungskunst darzu, den Verbesserer nicht so geradezu abschläglich zu behandeln.

Jeder Fürst liebt die Verbesserungen, aber, er gehet selten gerade zu in selbige ein, ohne vorhero andere zu Rath zu ziehen. — Hier untersucht man die Triebfedern der Verbesserung; ohne alle Absicht — selten; um eines Nutzens willen — am meisten, und dieser ist entweder eine Entreprise, Belohnung oder Versorgung — Eine Menge abgeschmackter Proiecte, thörichter Plans vielmahlen von Leuten, deren Sphäre es gar nicht ist, hat schon an und für sich den Nahmen der Verbesserung gehäßig gemacht.

Wehe also dem Verbesserer noch darzu, wenn er etwa Ausländer ist, auch Unterstützung wird hier untergraben. Der einzige Fall ausgenommen, daß ihm das Glück unterstüze. — Ohne Glück hilft dem Menschen weder Reichthum, weder Ehre, noch Verstand. —

Ich will einen meiner eigenen Fälle anführen. —

Schon vor 20. Jahren sahe ich den ausserordentlichen Gewinn derer Entrepreneurs ein, die die Salzsiedung in Schönebeck im Pacht hatten; ich konnte in der Folge immer mich mehr und mehr davon überzeugen, und da ich wuste, daß der dießfalsige Contract 1781. zu Ende gieng, und ich eben in andern Geschäften Anno 1779. nach Berlin gieng, überlegte ich die Sache mit Männern von Gewicht und

und Einsicht, und entschloß mich dem König ein Ersparungs-Plus von
77, rthlr. zu offeriren, welches ich schriftlich that, und folgende Antwort erhielt:

Wohlgebohrner, besonders Lieber. Es ist Mir Euer Schreiben vom
15ten dieses zugekommen, und habe Ich daraus Eure Vorschläge, wie
Meine Salz-Revenües zu vermehren, und bey dem Salzwesen überhaupt
eine bessere Einrichtung zu machen, ersehen. Ich danke Euch deshalb und
könnet Ihr Euch bey Meinem Etatsminister von Derschau in Berlin melden,
der bereits angewiesen ist, mit Euch über die Sache, und Eure Vorschläge,
ausführlicher zu sprechen. Denn Ihr also alles, und wohin eigentlich Eure
Meynungen darunter gehen, sagen werdet; Wobey Euch dem zugleich bekannt mache, daß mein Etatsminister Freyherr von Heinitz gegenwärtig mit
Bereisung und Besichtigung der Bergwerke in Schlesien beschäftiget ist,
und dorten, ein Haufen zu thun hat. Ich bin übrigens Euer gnädiger
                                          Friedrich.

Potsdam, den 17. Aug. 1779.
                          An dem Freyherrn von Hofmann.

Diese Verweisung an dem Etatsminister von Derschau, der dieses Departement 12. Jahre dirigiret hatte, und mein Gönner und Freund war,
der mich iedesmahl bey meinem Auffenthalt in Berlin wohl aufgenommen hatte, könnte nicht anders als für mich auffallend seyn, und versprach mir gleich wenig Aussicht. Ich bemühete mich also der Sache
eine andere Wendung zu geben, schrieb demselben Tag nochmahl dem
König, stellte ihm vor, daß ich dieses ohne dem Minister für den Kopf
zu stossen nicht thun könnte, und sagte dem König selbst ganz natürlich
diejenigen Quellen, aus denen ich dieses Ersparungs-Plus, das ich
durch Bürgschaft versichern konnte, hernehmen wollte; hierauf erhielt
ich folgende Antwort:

Wohlgebohrner, besonders Lieber. Ich habe Euch auf Euer anderweites
Schreiben von 17. dieses in Ansehung der bey dem Salzwesen zu machen-
den Verbesserungen hierdurch zu erkennen geben wollen, wie Ihr Eure Vorschläge darüber dem Etatsminister von Derschau nur vorlegen, und ihm
das alles ordentlich sagen könnet, wohin Eure Meynungen von der Sache
                              C 5   gehen,

gehen, denn Ich glaube, daß Ihr Euch hin und wieder ein wenig betrügen
werdet; Ich bin übrigens Euer gnädiger

Friederich.

Potsdam den 18ten Aug. 1779.

an dem Freyherrn von Hofmann.

Nun war nichts übrig, als den Befehl des Königs zu vollziehen, welches
ich iedoch noch so lange aufschob, bis der Minister mich wiederhohlt er-
innerte, daß der König über das Ausbleiben seines Berichts ungedul-
tig werden könnte;

Ich erschien zu der angesetzten Conferenz; und der Minister mit der
wiederholten Ordre des Königs in der Hand, konnte nicht anders als
mich in Verdacht haben, als hätte ich ihn hierdurch anklagen wollen;
Unsere Debatten fiengen an; ich blieb bey meinem Satz, daß meiner
Einsicht nach des Königs Absicht sey, zu wissen, ob es möglich sey, ein
solches plus zu erlangen, daß es möglich sey, bewieß ich aus meinem
Plan, und daß es würklich sey, bewieß ich durch die zu stellende Bürgschaft, mit dem Beysatz, wie ich mir getrauete, dennoch einen jähr- wichtigen Ueberschuß zu erlangen. Der Minister endigte die Conferenz mit
der Aeusserung, wie er solches plus dem König auch verschaffen wollte,
und auch hierzu annoch Entrepreneurs an die Hand habe.

Diesen ganzen Vorgang schrieb ich sogleich dem König, mit der
devoten Aeusserung, daß ich hierdurch alle Genugthuung erhalten, und
Sr. Maj. also einsehen würden, wie ich mich nicht betrogen hätte.

Es vergieng einige Zeit, bis ich von freyem Stücken nachfolgendes
Schreiben erhielt.

Wohlgebohrner, besonders Lieber. Ich habe Euch nunmehro in Ansehung Euer gethanen Vorschläge wegen besserer Einrichtung des Schöne-
beckschen Salzwesens hiedurch zu erkennen geben wollen, daß da diese Sache bereits auf einem soliden Fuß reguliret ist, keine Veränderung dabey
statt findet, und also von Euren Vorschlägen kein Gebrauch gemacht werden kann. Indessen danke ich Euch für Euren guten Willen, und bin in
übrigen Euer gnädiger

Friederich.

Potsdam, den 27ten Aug. 1779.

an dem Freyherrn von Hofmann.

Den

Den folgenden Tag erhielt ich folgende Ministerial-Note.

Da des Königs Maj. auf meinem allerunterthänigsten Bericht nicht gemeynet sind, auf die Vorschläge zu eintreten, die der Herr Baron von Hofmann Hochwohlgeb. wegen Vermehrung Allerhöchst Dero Salz-Revenüen mir zu thun beliebt haben, mithin hierdurch die Unterhandlungen mit Denenselben in dieser Sache völlig abgebrochen sind, so ermangele nicht Ew. Hochwohlgeb. solches Dienstergebenst bekannt zu machen. Berlin, den 28sten Aug. 1779.

von Derschau.

an dem Herrn Baron von Hofmann Hochwohlgeb.

In der Folge haben mir Freunde versichern wollen, daß der Minister zwar einen niedrigern Contract angestoßen, und solchen in völliger Zuversicht dem König zur Unterschrift zugeschickt habe, der König habe ihn aber in dieser Maaße nicht ratihabirt. —

Dieses kleine Beyspiel wird meinen Satz erläutern, und uns immer an Vater-Horazen und seiner Ode — Beatus ille etc. zurück erinnern. Nur Schade um das Geld, was in solchen Absichten verreist wird. —

Ungarischer Schmelz-Proceß, vom Jahre 1775, aus denen bey damaliger Hütten-Commission angefertigten Acten.

In sämmtlichen Ober-Hungarischen, dem Schmöllnitzer Inspectorat Oberamt unterstehenden Schmelzhütten wurde bloße Kupferarbeit getrieben, weilen die Ober-Hungarischen Bergwerke, bis damaln noch keine andere, als Kupfererze lieferten.

Diese Kupfererze waren theils eigentliche Kupferkiese, die in Quarz, Spat, und einen glimmrichten Schiefer brachen, theils Fahlkupfererze, welche folglich zugleich Silberhaltig, und dahero in einer eigenen Schmelzhütte zu Silberhaltigen Schwarzkupfer verschmolzen wurden. Das Silber war durchaus etwas göldisch, weil der mit einbrechende Quarz gediegene Goldstäubgen in sich enthielte, welche daher auch auf den dortigen Puchwerken

werken durch gehörige Manipulation besonders ausgezogen und nach Möglichkeit zu guten gebracht wurden.

Der Schmelzproceß bestand seit langer Zeit darinnen, daß die Kupfererzte, die bey der, der Angabe nach besser eingeleiteten Erscheidung in Durchschnitt beyläufig auf 8. Pfund Kupfer kommen ins Rohe verschmolzen, das abfallende Lech, oder Rohstein mit einer nöthigen Anzahl Rostfeuer geröstet, und sodann in Schwarzkupfer geschmolzen, das Schwarzkupfer aber entweder auf den Spleißheerd oder auf kleinen Rosetten Saarheerden gaar gemacht wurde. Indessen wurde dieser Proceß dermahlen in dieser Gestalt nur noch zum Theil nämlich: bey den quarzigten Erzten also behandelt, maßen seit anderthalb Jahren bey denen Schieferigen Ertz-Gattungen, welche der Erfahrung nach ein besseres Kupfer geben, der Niederschlags-Proceß eingerichtet worden, nach welchem diese Erzte ins rohe verschmolzen, der Rohstein mit 3. bis 4. Feuern verröstet, dieserhalb ausgeröstete Rohstein mit erforderlichen Zuschlägen wieder durchgesetzt, die Obern Lechscheiben, welche das beste Kupfer in sich enthalten, durch fernere Röstung, Schwarzkupfer Verschmelzung und Rosettirung zu Messing Kupfern verarbeitet, und die mit mehrerer Unart gemischte Könige ebenfalls besonders zu Gute gemachet wurden.

Dieser Niederschlagsproceß wurde auch zu besserer Concentrirung des Silbergehalts bey den Silberhältigen Kupfer-Erzten gebrauchet. Weiln übrigens seit einem Jahr alle Silberhältige Schwarzkupfer nach Annaberg zum Versaigern geschickt wurden, so war die Saigerung in Schmöllnitz dermahlen gänzlich aufgehoben.

Uebrigens behauptete man damahl, daß man bey diesem gesammten Oberhungarischen Schmelzwesen, in Sortirung der Erzten, Beschickungen, Zuschlägen, Verröstungen, Holz- und Kohlen-Erspahrungen und andern Oeconomischen und Manipulations-Gegenständen, seit anderthalb Jahren vieles verbessert und raffiniret habe, woraus der gedeyliche Erfolg sich dermahlen schon beträchlich zeige, und sich hinführo noch mehr zeigen werde.

Was das Niederhungarische dem Schemnitzer Obrist Kammer Grafenamt unterstehende Hüttenwesen belangt, so war solches, weil in den Nieder Ungarischen Bergwerkern Silbererzte, Kupfererzte, und Bleyerzte gewonnen werden, auch dreyfach.

Die

Die Verschmelzung der Silbererzte, und der auf den Puchwerkern erzeugende Silberschliche, und Kießschliche geschahe mittelst dem bekannten Anreicherungsproceße, wobey jedoch nach Gestalt der reichern oder ärmern Anbrüche von Zeit zu Zeit die Proportion der Beschickungen abgeändert wurde. Die diesfälligsten Schmelzhütten waren zu Schernowitz, Kremnitz, und Neusohl; die Bleyerzte, welche größtentheils in einem auf den Puchwerken erzeugten Bleyschliche bestunden, wurden in einer eigenen Bleyhütte bey Schemnitz auf Bley verschmolzen und die auf dem Herrengrund gewinnende silberhältige Kupfererzte wurden in der Schmelzhütte zu Tapowa nach dem vorgedachten Niederschlagungsproceße, die unsilberhältigen aber in der Schmelzhütte zu Altgebürg verschmolzen, und die silberhältigen Kupfer nebst denen bey der Silberhütten erzeigten sogenannten exstendirten Kupferzechen in der Saigerhütte zu Tapowa versaigert.

Wie weit diese und andere œconomische Verbeßerungen gegangen, ist selche abzunehmen, da das Schmöllnitzer Inspectorat Oberamt damaln die Anzeige nach Hof gemacht hatte, daß in dem 1774sten Jahr um 15000. Fuhren Kohlen weniger verbraucht worden, obngeacht die Kupferzeugung gegen das 1773ste Jahr um 900. Centner gestiegen war.

Gleiche Beschaffenheit hatte es mit den Nieder-Ungarischen Silber-Hütten, allwo wegen den damaligen reichern Anbrüchen der Anreicherungsproceß im vorigen Jahre ebenfalls etwas abgeändert worden, und das Kohlen-Consumo sich seitdem auch geändert hatte.

Auf denen Ungarischen Saigerhütten war übrigens das Principium festgesetzt, daß das aus der Saigerung kommende Kupfer nicht über 2. Loth Silber halten solle, und waren auf denen dortigen Saigerhütten 7. löthige Kupfer zwar nicht mit Nuzen, doch wenigstens ohne Schaden gesaigert worden, maßen zu Folge vormals vielfältig zu Schmöllnitz gemachten Proben, und nach der zu Folge dieser Proben regulirten Einlösungs-Tariffe das siebende Loth den Gewerken würklich bezahlet wurde. (Ob aber die Versaigerung 7. und 8. löthiger Kupfer, wenn solche ganz allein versaigert werden sollten, mit Nuzen oder Schaden geschehe, ist eine Frage, die um so weniger beantwortet werden kann, weil in den Kaiserl. Landen eben so wenig, als in allen andern Ländern der Welt dergleichen Kupfer allein versaigert,

F   sondern

sondern solche entweder mit dem Armfrischen, oder mittelst proportionirter Beschickung mit reichern Schwarzkupfern zu Gute gebracht werden.

Wenn also dieser Umstand gründlich erhoben werden solle; so könnte solches nicht anders, als durch eine grosse vorzunehmende Saigerungsprobe mit dergleichen armhaltigen Kupfern geschehen.

Erst vor kurzem war man auch auf eine ganz besondere und neue Methode verfallen, das Silber aus denen silberhaltigen Schwarzkupfern zu bringen, welche darinnen bestund, daß man gedachte Schwarzkupfer mit reinen Bleyglanz oder Bleyschlichen durchschmelzte, wodurch der in dem Bleyglanz zum Vererzungsmittel gediente Schwefel das Kupfer außlösete, das Bley aber hierdurch davon befreyete, und mit sämmtlichem in Kupfern befindlichen Silber sich präcipitirte.

Da man vor einigen Jahren zu Kremnitz mit dem frisch Zeechen diesfalls schon einige gut gerathene Proben gemacht, so war die genaue Untersuchung dieses Processes, sowohl dem Schemnitzer Obrist-Kammer-Grafen-Amt, als den Annaberger Saigerungsbeamten anbefohlen, wovon also der Erfolg sich nunmehro gezeiget haben wird. (Neuere Nachrichten sagen, man sey von selbigem gänzlich wieder abgegangen, weil man vielleicht die nöthigen Handgriffe nicht gewußt.)

Anno 1775. schlug der verstorbene Braunschweigische Cammerrath Cramer eine ganz neue vortheilhaftere Saigermethode statt der bisher gewöhnlichen vor, und wollte in der Tapower Saigerhütten die diesfallsige Probe vornehmen und die Realität dieses seines Processes erweißlich machen.

Das Essentiale dieser neuen Methode bestund darinnen, daß statt der gewöhnlichen Erzeugung der Frischstücke in dem Frischhofen das Kupfer auf einen Cupolo-Ofen zuförderst eingeschmolzen, sodann das erforderliche Bley nachgetragen, die ganz fliessende Massa sodann mit einander abgestochen, Silber und Bley durch seine mehrere eigenthümliche Schwere niedersenken, das Kupfer aber in darauf schwimmenden Scheiben abgesondert, und diese Arbeit zum zweytenmahle mit der erforderlichen Beschickung wiederhohlet werden solle, wodurch dann, weil auf diesen Ofen mit concentrirtem Feuer

und

und ohne Gebläse gearbeitet wird, nicht allein der beträchtliche Bley- und
Kohlenverbrand bey der Frischung und Saigerung vermieden, sondern auch
das Silber aus dem Kupfer reiner heraus gebracht werden würde. Daher
der zu dieser Arbeit erforderliche Cupolo-Ofen nicht vorhanden war, und
Herr Cramer hierzu einen gewöhnlichen Söhlofen erwählete, in der Meynung, daß diese Arbeit sich auch auf selbigen dürfte thun lassen, so hat sich der
Erfolg dieser Meynung nicht gleichförmig erwiesen, maßen auf den Spleiß-
öfen die hierzu erforderlichen Verrichtungen nicht gemacht, die Structur
desselben der Sache nicht angemessen, und hauptsächlich ohne Zuflüssich-
mung des Gebläses nicht operirt werden können, mithin nicht allein ein star-
ker Bleyabgang erfolget, sondern auch die Kühnstöcke nur um ein Quintlein
ärmer als bey der ordinairen Saigerung ausfielen.

Er ließ dahero einen Cupolo-Ofen-bauen, der aber das Feuer nicht
aushielte, sondern einstürzte, und damit endigte sich sein Vorhaben.

(Sein Versehen war ohnstreitig, daß er bey dieser Erbauung nicht gegenwärtig war, und die Materialien nicht genau zuvor untersuchte.)

Indessen verdienen diese seine Bemerkungen angeführt zu werden, die
einzelne Stücke der dortigen Methode berühren.

Er nahm wahr, daß man Dörnel Heerd, und Glötte mit einander
beschicke, durch den Krätzofen setze, und das daraus erfolgende Bley, Dör-
nel-Bley nenne, welches 1 ½ Loth Silber hält.

Dieses Verfahren konnte er nicht vor gut halten, weil die reiche Glötte,
Heerd und Dörnel kaum den 4ten Theil des Bleyes ausmache, welches
aus der armen Glötte erfolge, und welches kaum 1. Quintlein Silber ent-
hält, und erhielt es daher wider alle Regeln der Schmelzkunst, das Silber
aus der Enge in das Weite zu bringen. Er meynte, es wäre weit besser,
das reichere, nemlich die reiche Glötte, Heerd und Dörnel besonders und die
arme Glötte auch besonders zu verschmelzen. Denn aus ersteren würde ein
schon treibwürdiges Bley erfolgen, und das letztere arme müßte nur allein in
der Saigerung vorgeschlagen werden, wodurch das Silber reiner aus den
Kupfern gebracht, auch ein wirkliches an Bleyverbrand erspartet werden

F 2   würde,

würde, weilen die arme Glätte fast ohne alles Gebläse durch den Ofen gehe, und sich reducire, der Heerd aber ein sehr starkes Gebläse erfordere, wodurch folglich, wenn alles zusammen vermischt verschmotzen werde, nothwendig ein grosser Bley-Verlust entstehen müsse.

Die Roststädte zu Tayowa fand er so, wie die in Kremnitz zu weit und zu niedrig, wenn solche nur bey 5 bis 6. Schuh weit gemacht, und der Rost höher angeleget würde, so hätte man nöthig, Kohlen auf das Rostbette zu streuen, und liesse sich die Helfte Holz menagiren. Man könnte auch mit einem oder zweyen Rosse Feuern weniger auskommen, wenn in den ersten und zweyten Feuer nur etwas vorsichtig verfahren, besonders aber das Leech in ganz kleine Stücke zerschlagen, und bey jedesmahliger Unordnung das besser ausgeröste, von dem schlechter ausgerösten wohl separiret, das letztere unten, und das erstere oben aufgeleget würde.

In dieser ganzen Revier fand er auch das Gebläse in keiner guten Verfassung, auch selbst bey denienigen Ofen, welche Steinkasten haben.

Nebst Abschaffung also der Wagen, und Einführung der Steinkästen hielt er dafür, daß die Kämme nach einer Cycloidischen Linie zu formiren, auch so breit zu machen wären, daß sie ein paar Secunden eher auf den Streichspahn sanft austräten, folglich das Gebläse den Wind ununterbrochen in Ofen bringen möchte: woraus der Vortheil entspringe, daß das Schmelzen mit weniger Winke geschehe, und durch den abgesezten Windstoß, der feinste reiche Schlich nicht so zerstäubet werden könne, wie solches bey dem stossenden Gebläse geschehe.

Da der Quanti auf den Kohlstätten gebührend separiret werde, so hielt er dafür, daß solches auch auf den Hütten geschehen müsse, und daß dieser Separat gestürzet, und die Arbeit egal vertheilet werde. Zu viel grobe Kohlen, und zu viel kleine gäben kein gutes Schmelzen, beyde aber egal vertheilet, wäre weit vortheilhafter, weil dadurch die zwischen den groben Kohlen befindliche leere Räume ausgefüllt, das Feuer geschlossen gehalten, die Zerstäubung des zartesten Schlichs gehindert, und dem Metall mehreres zur Reduction erforderliches Phlegiston beygebracht werde.

So

So lange es bey der dermahligen Art zu frischen und zu saigern bleibe, hielt er es für nützlich bey dem Frischen das Bley an die Vorwand, keinesweges aber an die Brandmauer zu setzen.

Die Erfahrung und der Augenschein lehrte, daß es zu einer merklichen Bleymenage diene.

Endlich bey Verschmelzung der Röste glaubt er, würde es sehr vorträglich seyn, glasigte Bleyschlacken zuzuschlagen und würde ohnstreitig bessere Schwarz- und Gaarkupfer geben, auch vieles zur Bleymenage und reinerem Ausbringen des Silbers beytragen.

Diese und mehrere Anmerkungen wurden von der Commission angenommen.

Indessen, was den Cupolo anbetraf, so wollte man diesem kein rechtes Gehör geben, und überhaupt ist der Cupolo-Ofen so ein Ding, welches nicht jedermann begreift, und zu behandeln weiß; ich entsinne mich, daß vor 10. oder 12. Jahren ein gewisser Herr von Poserne, aus Sachsen, einem Grafen von Pelza vorschlug, auf einem von ersteren angegebenen Cupoloofen das alte Eisen zuschmelzen, und hiervon gleich neue Munition zu giesen.

Dieser grosse Kaufmann, der, wie alle Menschen auch seine schwache Seite hatte, ließ sich überreden, schloß einen Contract auf eine ungeheure grosse Quantität Munition mit dem damaligen Chursächsischen Herrn Administrator, und nahm eine erstaunende Menge alte Munition auf diese Lieferung an; da nun diese alte Munition meines Wissens der Centner mit 18. oder höchstens 20. gr. werth angenommen, die neue aber mit 5. rthlr. 8. gr. und nach Proportion mit 8. rthlr. der Centner bezahlet wurde, so waren hier nach des von Poserne Angeben Tonnen Goldes zu verdienen. Nachdem alles abgeschlossen war, schritt man zum Werk, aber leider schlug alles fehl, und in kurzer Zeit waren an die 10,000. rthlr. in allen dießfalsigen Bauen, Proben und andern Aufwand verlohren, und man hatte noch kein Loth Eisen gesehen.

Dieses veranlaßte hernach gedachten Grafen, da das Werk in der größten Zuversicht, an einem solchen Ort hingebauet war, wo man kein Was-

ser zuführen konnte, eine Rostkunst anzulegen, um seinen Contract zu erfül-
len, und hätte er nicht solche vortreffliche Preise gehabt, so würde er bey dieser Entreprise schlecht gefahren seyn, bey der aber dennoch nicht nur obiger
Verlust ergänzet, sondern auch noch, der terminlichen Zahlungen und manchen thörigten Einrichtungen ohnerachtet, ein beträchtliches gewonnen
worden ist.

Etwas von Cramers letzten Zeiten und seiner Manipula-
tion bey dem Probeschmelzen in Freyberg: em unpartheischen
metallurgischen Publico zur Beurtheilung und manchem, der
diesen grossen Metallurg gekandt hat, nicht unangenehm.

Das Metallurgische Publikum hat ehedem viel von einem gewissen Cramer gehört, hat seine Schriften gerne gelesen, ihn für einen grossen Metall-
lurg gehalten, und nichts an ihm ausgesetzt, als daß es den letzten Theil seines Werks mit sammt dem Pränumerationsgeld eingebüsset hat.

Es wäre zu wünschen, daß diejenigen, die vor und bey seinem Tod um
ihn waren, besser seine Papiere benutzt und aufgehoben hätten, denn sicher
war dieser Theil schon fertig, ja die Zeichnungen meist vollendet. (Vielleicht
versprach man sich aber auch hiervon keinen rechten Nutzen, da die Pränume-
ration bereits eincassiret war.)

Dieses im Vorbeygehen angemerkt, so war Cramer immer ein Mann
von vieler Einsicht, ein gebohrnes Genie zur Metallurgie, unordent-
lich zwar in seiner Lebensart, der den Tag vielmahl müßig zubrachte, des
Nachts aber aufstand und arbeitete, der besondere Hypothesen hatte, und
unendlich viel Gutes hätte stiften können, wenn er sich nicht von je her so sehr
zerstreuet hätte; er war diesem Fach ganz eigen, war in seiner Jugend bereits
zu Fuß nach Holland gegangen, hatte daselbst einige Zeit metallurgische Col-
legia gelesen, hernach England durchgereist, und viele Jahre lang das Berg-
Departement nebst alle nur dahin einschlagende Fabriquen in Braunschweigischen dirigirt, aber leider zu seinem Schaden, wie alle grosse Genies, etwas stark eigensinnig. In seinem Alter, in welchem ich ihn kennen lernte, war
er zu grossen Unternehmungen nicht mehr fähig, und doch unternahm er
alles, bloß um seine häußlichen Umstände, die äuserst derangirt waren, zu
unterstützen; er war nehmlich wegen einer mit dem Herzog zu Braunschweig habenden Differenz blos aus Caprice ausgetreten (wo man wäh-
renden-dessen sich seines dortigen Vermögens, Bücher und Scripturen be-
bemäch-

mächtiget hatte) und hätte sich nach Nordhausen gewendet, von da ich ihn auf Empfehlung eines grossen Mineralogen, des Herrn von Voth, für einem gewissen Grafen Volza, der in einer alten ausgebauten Kupfermine zu Berggißhübel grosse Schätze vermuthete, nach Sachsen verschrieb, um das dortige Kupferschmelzen zu verbessern; würklich war hier der Herr von Born ein Werkzeug der Vorsehung für diesem alten Metallurgen, der hiedurch doch bis an sein Ende sich Unterhalt zu verschaffen Gelegenheit fand.

Er kam nach erhaltenem Reißgeld, und täglich 5. rthlr. Diäten mit seinen beyden Schmelzverständigen und einem Schmelzer an, aber seine Aussicht, warum er eigentlich verschrieben war, war von kurzer Dauer; der Gißhübler Bergbau, den der Graf, der bey seinem grossen Vermögen dennoch immer reicher werden wollte, und der Leuten, die Tonnen Goldes und Millionen Verdienst vorspiegelten, mehr glaubte, als die kleinere aber auch soliden Händel fürschlugen, fand sich bey seinem Bergbau betrogen, und gab selbst mit auf Anrathen des Cramers diesen Bergbau den er ohnehin wider das Anrathen des Freyberger Berg-Departements und seiner wahren Freunde bloß nach seiner kaufmännischen Methode und dem Einrathen unverständiger Schmeichler und eines unwissenden Schichtmeisters und listigen Bergmeisters, selbst angestellt hatte, mit einem Verlust von circa 8000. rthlr. auf, und hier muß man Cramern Gerechtigkeit wiederfahren lassen, daß er selbst hierzu half, da, wenn er eine andere Rolle spielen wollen, der Graf noch in weit mehrere Kosten gefallen seyn würde; ich selbst konnte da zumahln nicht anders als zu einer nachmaligen Hauptbefahrung anrathen, nach welcher ein prächtiger Bergaufzug erfolgte, den ein früher Ball endigte, während dessen der Plan zur Ablohnung der gesammten Bergleute gemacht und dem folgenden Tag executirt ward. Cramer sah natürlich ein, daß bey dieser Lage er auf etwas anderes denken muste, und da er überhaupt nicht gewohnt war bey einer Sache sich lang aufzuhalten, so amüsirte er den Grafen mit unendlichen metallurgischen Projecten, wo nichts als Goldgruben sich aufthaten, wenn man aber auf den Grund gieng, so waren es Problemen — (nichts ist mir immer noch lächerlicher, als, wenn ich bedenke, daß ich auf sein Anrathen ostindische Steine kommen lassen, die die holländischen Schiffe als Ballast mitbringen, und von welchen Schlüter ein ganzes Capitel geschrieben, mit schweren Kosten kamen sie an, und sie waren nichts besser — als unsere Pflastersteine —) indessen um die Gißhübler Gegend zu benutzen, machte er den Plan zu Anlegung eines Hammerwerks, die Commission wurde nachgesucht, bey der damaligen Lage des Grafens bald erhalten,

ein

ein Societäts-Contract aufgerichtet, und da Cramer aus einem vol-
len Beutel gut disponiren konnte, so beschloß er mit seinem Wirth
einem gewissen Grafen von Kayfersmark einen solchen Contract, bey
welchem letzterer, wenn er nicht auch hintergangen worden, vieles
gewinnen können. Ohne den Bau den er dirigirte wollte, abzuwar-
ten, lag Cramer dem Grafen und mir ohne Unterlaß in dem Ohren,
der Kayserin ein universelles Schmelzverbesserungs-Project zu übergeben. Die Sache, da Cramer in solchen Fällen sehr freygebig war und von
dem in Millionen sich belaufenden Gewinst gleich Hälften und Drittel voraus weggab, wurde bald dem Käyserl. Gesandten vorgestellt, der sie nach
Wien beförderte, und Cramer als ein in Wien bekannter großer Metallurg
wurde eingeladen auf Kosten der Kayserin dahin zu kommen, und von dorten
aus, die Untersuchung des Ungarischen Schmelzwesens fürzunehmen, wobey ihm die Hälfte des durch seiner Einleitung gemachten Ersparungs-
oder Meliorations Plan auf 12. Jahr und täglich 3. Ducaten Diäten nebst
freyem Fortkommen zugesichert ward. Hier kam Cramer in einer Lage, wo
er sich ganz als Metallurg zeigen konnte; sein unruhiges Temperament,
eine unüberlegte Wahl seiner Reisegefehrden, selbst die Uneinigkeiten die
sich unter ihnen selbst entspannen, waren aber Schuld, daß auch diese Aussicht zu Wasser ward. Cramer machte in Wien den besten Operations-
Plan, der ein Muster fürstellen konnte, mit der dortigen Hoffkammer in
Monetariis et Montanisticis, und lernte dabey einsehen, daß ein Graf Collow-
rad, Graf Stampfer und Hr. von Delius auch Männer waren, die das Me-
tier verstanden. Hätte er diesen Plan, wie ich ihn so oft vermahnt hatte,
pünctlich befolgt, so würde er gewiß Ehre eingelegt haben, und die Käyserin, der diese Commission 50. Gulden kostete, würde wahren Nutzen, wovon er immer participtrt hätte, gehabt haben; so aber distrahirte sich dieser
alte Mann seiner Gewohnheit nach beständig, er kam z. E. an dem Ort,
wohin er wollte, sahe die Sachen ein, und hier war seine Schwäche, daß
er augenblicklich mit seinem Urtheil herausgieng, so bald man ihm nur con-
tradicirte, diß benutzten seine Feinde und Neider, und da, wo er die wich-
tigsten Verbesserungen machen konnte, gieng er darüber hinaus, machte keine sonderliche Umstände, hieß das mehreste gut, und dachte, wenn er heut
an einem Ort war, schon morgen an hundert andere Orte. Natürlich ga-
ben die Commissarien seine Schwäche ein, und so durchliefen sie die Schmelz-
Manipulation in Ungarn in wenigen Monaten, da so viel Jahr dazu erforderlich gewesen wären, um den Plan gründlich auszuführen. Cramer,
der

der dieses alles obwohln nur zu seinem Schaden zu spät einsahe, und der als ein abgelebter Mann wohl auch an seine Erhaltung dachte, sehte sich nun einen neuen Plan in Kopf, und dieser bestand in der Verbesserung des Frey- berger Schmelzwesens, er schrieb dießfals ununterbrochen an den Grafen Bolza, an mich, und an andere Freunde, und durch ersteren wurden die Be- dingungen auf die nehmliche Art, wie in Wien, gemacht. Er kam zurück nach Wien, er wurde der Käyserin vorgestellt, und als diese ihm mit den Worten anredete: „Nun hat er viel schändliches in Ungarn angetroffen ꝛc. so leitete er, statt bey dem Schmelzwesen zu bleiben, den Discours auf das Forstwesen; selbst da er dem Käyser fürgestellet wurde, war er so kurzsichtig, um nur das Gespräch auf seinem mit dem Herzog zu Braunschweig haben- den Proceß zu leuken, wo ihm der Käyser sehr gründlich antwortete; daß ehe diese Sache nicht im ordentlichen Weg des Rechten an ihm gelange, er ihm nicht beystehen könne; er kam hierauf nach Dreßden, gieng nach Freyberg und hier gieng es ihm, wie in Ungarn, er kam zurück nach Dreßden, gieng wieder nach Freyberg um das Trümmachen auf dem Treibheerd zu beweisen, wozu der Churfürst den Geheimenrath von Zehmen ausdrücklich hinsandte, kam zurück nach Dreßden, gieng alsdenn nach einigem Auffenthalt und nachdem ihm der Churfürst über seine Diäten noch 200. Rthlr. aus- zahlen lassen, nach Berg Gießhübel; hier arbeitete er an einen neuen Plan in Rücksicht der Preußischen Staaten, die ihm wegen seiner auf Königlichem Beschl ehemals gehabten vielen Aufträge in seinem Fach wohl bekannt waren, ward krank und starb an der Wassersucht in einem Alter von etlichen 70. Jahren, da er vorher sich zur evangelischen Kirche bekannt und nach diesem Gebrauch communiciret hatte. Bey dem guten Verdienst, den er die lezten Jahre hindurch gehabt hatte, hinterließ er dennoch nicht so viel, als sein Begräbniß, welches auf Bergmännische Art vollzogen würde, kostete.

Von seinen Ungarischen Verrichtungen habe ich schon einiges angeführt, von seinen Freyberger Probeschmelzen füge ich den mir da- mals von ihm selbst gegebenen Schmelzbogen bey, der den Metal- lurgen doch wohl einiges Licht geben wird, und den ich weiter nicht zergliedern, sondern so lassen will, wie Cramer mir ihn zu seiner Legi- timation aufsezte. Es ist Schade, wenn solche Sachen der Nachwelt verlohren gehen, sie stiften vielmaln in der Stille manches Gute, so nicht eingesehen wird, wenn nicht einer nach dem vulgairen Sprüch- wort sich vorhero daran die Nase verbrannt hat. —

G

Ver-

Verbrauchtes Erz- und Schlacken zur Rohарbeit.				Copia, Roh-Arbeit Herrn Commissionsrath Gellerts Schmelzbogen nach des Cammerrath Craners Methode.	Summa an Silber in denen verbrauchten Erzen und Schlacken.			An Plus - Minus geschmolzen					
Ctnr.	Pf.	Ctnr.	Pf.		Mk.	Lth.	Q.	Mk.	Lth.	Q.	Mk.	Lth.	Q.
91 1/2 100 [illegible]		-	-	Dürres Erzt 18. 7. 2 Kiesige Erzt 1. 4. 1/2	19	11	2 1/2	-	-	-	-	-	-
		158 3/4	1	Dazu an Schlacken. Güldner veränderte Bleischlacken, an 127. Karn, deren einer 1 1/4 Centner wiegt, und 4 Centner davon nach den Entscheidungs-Proben im Durchschnitt 1 1/4 Loth Silber halten.	3	1	3	-	-	-	-	-	-
		55	-	Mündsbare frische Schlacken, an 44. Karn, deren einer 1 1/4 Centner wiegt, und 4. Centner davon 1 Quentel Silber halten	-	3	1 3/4	-	-	-	-	-	-
				Remedium welches nicht angegeben wird	2	15	3	-	-	-	-	-	-
192 1/12	-	213 3/4	-	Summa	26	2 1/2	-	-	-	-	-	-	-
				Aus dieser Arbeit ist erfolget:									
	-	78 5/8	2 1/2	Rohstein, darinnen an Silber	20	14	3	-	-	-	-	-	-
		3	—	also Minus	-	-	-	-	-	-	5	2	3 1/4
		313 4	-	Dieses Minus steckt in Rohschlacken, so von dieser Arbeit gefallen davon 4. Centr. 5. Quent. Silber halten	3	10	3	-	-	-	-	-	-
				In Rauchschliche	1	7	3 1/4	-	-	-	-	-	-
					5	1	3 3/4						

J. A. Cramer.

Ver-

No. 7te Woche Lucia 1775, über einen Hohen
Ofen des Hrn. Commissionsrath Gellert Roth erarbeitet.
Schmelzer Johann Christoph Helbig, und Joh. Traugott Helbig.
Schmelzbogen nach der Oberhütten-Amts-Methode.

Erze die schmelzen und Roth stein erhalten.	Copia.			Silber Gehalt.		
Cnt.				Mk.	Lth.	Q.
		Verschmolzen		18	7	
91½	Dürres Erz					
100	Frisches Erz			1	4	
192	Erz zusammen, brinnen an Silber			19	11	2½

Hier fehlt das verschwiegene Remedium mit 2. Mark, 15. Loth
3. Quentl. Es wird nemlich bey jedem Centner Erz und Kies,
welcher unter eine Mark hält, ein Quent Silber weniger an
gegeben, als der wahre Gehalt ist, welches doch wirklich in
der Beschickung steckt.

Darauf genommen:
1. Korn weiche Holzbrüder Schlacken.
2. verzuderte Glasschlacken. } zum Zusatz
16. verzuderte Bleischlacken.
44. Münzbacher frische halben Schlacken.

Von diesen hier angesetzten 172. Korn Schlacken, welche mit
Centner reduciret 21⅓ Centner ausmachen, ist der Gehalt
nach den Entscheidungs Proben mit 3. Mark, 5. Loth ⅓. Quent
weggelassen, welcher allerdings hätte angeführet werden mu-
ssen. Es sind demnach mit obigem Remedio 6. Mark 4. Lot,
3½. Quentel Silber weniger in Einnahme, als wirklich an
Silber in die Beschickung gekommen ist.

40. Korn Gestübr, so werden von diese Stück.
Die 40. Korn Gestübr, werden hier ganz unnütz angeführt. Es
sind unreine von eben diesen Schlacken gefallene Schlacken,
die das silberquantum weder vermehren noch vermindern, und
die wieder auf dem Ofen gesetzt werden.

Ausgebracht:
| 13 | 2 | K. Blein in Stamma, darinnen an Silber nach des Oberschicht-Querlein Schützens Gehalt. | | 20 | 14 | |
| | | Plus | | 1 | 2 | 2½ |

Der Gehalt des Kohlsteines ist richtig, das Blei aber falsch; denn es ist ein Manco von
5. Mark, Loth 3½. Quentel, wo dieser Verlust steckt, ist in meinem vorstehenden
Schmelzbogen specifice angeführt.
Weil hier bloss von Silbergehalte die Rede ist, habe ich die Kohlenconsumtion weggelassen.
Wie kann nun aus solchen fehlerhaften und unverständlichen Schmelzbogen ein Schmelzen
beurtheilet; oder eine deutliche und instructive Rechnung gemacht werden.

Ehregott Stocklöbe. O. H. Distr.   Joh. Pet. Hunger. N. H. Mstr.
G 2   Ver-

Nebenarbeit	Copia.	Summa	An
Erz und Schlacken zur Probarbeit.	te Roth-Arbeit mein des Cammer-Roth Cramers, ſchmelzbogen nach der Cammerrath Cramers Methode.	in Silber be... 2nen ver brachten Erz und Schlacken.	Plus - Minus geſchmelzen
Cnt.		m. l. St. l. Q.	m. l. St. l. Q. g. Qſ. l. Pf. l Q. l.
	Schwed. Erz... Sächſ. Erz.	19	8	3						
	Daß aur Schlacken ...	2	15	3						
	...		2	1						
		2	15	3						
	Summa	25	10						
	Aus dieſer Probarbeit erfolget:									
	Schlein, darinnen an Silber	14								
	Dieſes Minus hat in Reichblöcken ...		4							
			9						

Siehe Anmerk. pag. 54.

Erſte

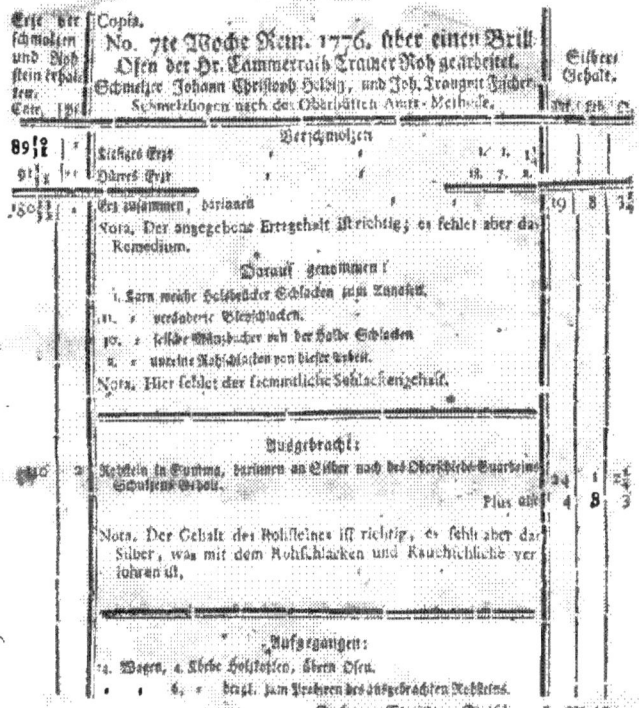

Erſte bey ſchmolzen und Abſtein erhalten. Cent. Pf.		Copia. No. 7te Woche Rein. 1776. über einen Brill Ofen der Hr. Cammerrath Trauner Roh gearbeitet. Schmelzer Johann Chriſtoph Helwig, und Joh. Traugott Fiſcher, Schmelzbogen nach der Oberhütten Amts-Methode.	Silber Gehalt. Mr. Lth. Gr.
89 ⁰⁄₁₂	Zerſchmolzen	
91 ¼	Liechtes Erzt	1 1 1½
	Dürres Erzt	8 7 2
180 ⅓	Erz zuſammen, hieraus	19 8 1½

Nota, Der angegebene Erztgehalt iſt richtig; es fehlet aber das Remedium.

Darauf genommen:
1. Korn weiche Halsbächer Schlacken zum Zuſatz.
10. verzauberte Bleyſchlacken.
10. ſelbe Windbacher mit der halbe Schlacken.
2. unreine Rohſchlacken von dieſer Arbeit.

Nota, Hier fehlet der ſaemmtliche Schlackengehalt.

Ausgebracht:
2. Rohſtein in Summa, darinnen an Silber nach des Oberſchiede-Guardeins Schulzens Gehalt. 24 1 1½
Plus an 4 8 3

Nota, Der Gehalt des Rohſteines iſt richtig, es fehlt aber das Silber, was mit dem Rohſchlacken und Rauchſchlacke verlohren iſt.

Aufgegangen:
14. Wagen, 4 Körbe Holzkohlen, zum Ofen.
6. begl. zum Truknen des ausgebrachten Rohſteines.

Johann Chriſtian Fleiſcher, H. Meiſter.
Johann Peter Hunger, N. H. Aſte.

G 3

An-

54

Anmerkung zu pag. 54.

Es möchte gar sehr in die Augen fallen, daß ich im Raubschliche so wenig verfahren habe; Wenn man aber die über doppelt gröffere und Trichterförmig aus einander lauffende Mündung meines Ofens ansiehet, wodurch der Wind weit zertheilet wird; so ist handgreiflich, daß dabey nur gar wenig Raubschlich fortgehen kann.

Wenn nun jährlich der Gehalt der Erze, welche in die Roharbeit kommen, über 8000. Mark an Silber, excl. des Schlackengehalts betragen, und ich bey diesem Rohschmelzen 3. Mark, 8. Pfund 2⅞. Quentel gegen das Schmelzen des Commissionsrath Gellerts menagiret habe, so thut dieses auf 8000. Mark, wenn ich auch die Kleinigkeiten, als Brüche und dergleichen weglasse, sehr reichlich 1360. Mark, 15. Loth, — und also 17693. Rthlr. — — Ja nach genauerm Ueberschlag beläuft sich der Vortheil auf 18758. Thaler.

Da die Anreicherarbeit nichts anders, als eine wiederholte Roharbeit ist, und das in diese Arbeit kommende Silber über zweymahl so viel ausmacht; so ist leicht zu erachten, wie viel grösser auch hiebey der Vortheil seyn müßte. Der Oberhütten-Vorsteher Klinghammer hat aber durch falsches Abwägen des Anreichersteines, welches in dem Schmelzbogen No. 9. Quart. Trinit, a, c, eingestanden ist, die ganze Berechnung irre gemacht.

J. A. Cramer.

Zum Anhange des Cramerischen Schmelzbogens muß ich gedenken, daß ehedem das Hauptschmelzen gesammter Ertze der Sächsischen Landen wohl in Dreßden gewesen seyn muß, denn ich finde in einem alten Verzeichniß von 1584. die Aufschrift:

„Verzeichniß alles Vorraths zum Schmelzen an Ertz, Kieß, Blende, „Stein und Eisenstein, so auf heute dato den 10. February anno „1584. allhier in Dreßden in altem Tistalierhause vorhanden"
und da sind 488½ Cntr. Freybergische Bley- und Kupferstein 2 3. bis 4. Loth
1071½ Centner Freybergisch Ertz zu 1. 3 ½. 5. 6. 7. Loth Silber
1007½ Cntr. Freybergisch Kieß u. Blende zu ½. u. 1. Quent. Silb.
4½ Cntr. Annabergisch Kupferstein à 11. und 18. Loth Silber
1097½ Cntr. Marienbergischer Stein insgesammt von Bauer-Zech Gegentrum zu 3. bis 4. Loth

7½ Scharfenbergisch-Ertzt
3. Cntr. roher Schiefer von Sangerhausen
2567. Cntr. Sangerhauser Stein
230. Cntr. Sangerhäusische Speiß
7½ Cntr. 13. Pfund Schwarzkupfer (roh ungesaigert zu 14. 17. Loth

357½ Cntr. 12. Loth Stein aus Versuchproben
überdem viele Bäßgen Kupferglaß von Gißhübel, Silberertz von der Pfützen. 500. Centner Eisenstein daher, eine Post Kupfererzt aus dem Voigtland ingl. Eisenstein daher, auch 100. Centner Alaunerde von Belgern rc.

Es wäre zu wünschen, daß ein Freund des Alterthums diese Nachrichten bestimmter aus einander setzte, indem einige der Meynung sind, dieses Distilirhauß sey das wahre Goldlaboratorium gewesen, aber wozu beynahe 9000. Centner Ertze und Steine? jedoch hier sagen andere dagegen — man hätte zu der Zeit gewisse Arcana gehabt, die Metalle zu veredeln, auch durch deren verschiedene Composition einen hohen Gehalt heraus zu bringen; es sind mögliche Sachen — Sachen, die wenn sie gar auf eine Alchymie hinauslaufen, bis an das Ende der Welt Geheimniß bleiben müssen, denn sonst würden sie den ganzen politischen Zusammenhang der Welt aufheben. — Freylich wird Gold gemacht, und ich zeige selbst denen Liebhabern, am Ende dieses Werks die Wege an, aber nur die Meister in der Kunst sind selten — und wer sich dafür ausgiebt — Betrüger — wer es kann, der sage es nicht, und wer es sagt, kann es nicht — (jedoch bitte ich mich nicht für letzteren anzusehen.)

Nachricht

Nachricht von dem Steinkohlenbau zu Stockheim an der Meinungischen Gränze in Fürstl. Bambergischen ohnweit der Stadt Cronach,

nebst einigen Vorschlägen den Bambergischen Bergbau zu verbessern.

Die Steinkohlengruben bey Stockheim liegen in einem ganz flachen mit hohen Gebürgen umgebenen Mittelgebürge; der bisher erschrotene Flöß ist der allgemeinen Aussage nach durchgängig zu 3. und 4. Lachter an guten Kohlen mächtig in einer Teuffe von einigen Lachtern anzutreffen; die Endlagen sind theils ein mürber, weißer Stein, theils grauer Letten.

Das Streichen des Flötzes ist in der 2ten Stunde, und erstrecket sich allem Anschein nach weiter, als der bisherige Bau betrieben worden, weshalb das ganze linker Hand gelegene Gebürge noch vollkommen unverritzt ist.

Der bisherige Bau ist ein bloßer in allem Betracht schädlicher Raubbau gewesen, und man hat bloß auf die Menge derer zu gewinnenden Kohlen gesehen, ohne zu überlegen, daß, bey einem so fort continuirenden Betrieb, ganz natürlicher Weise in nicht gar zu langer Zeit gesammte Gruben liegen bleiben müssen.

Die gesammten Gruben haben aller Orten in einer geringen Teuse Wasser, dahero dieser Umstand nicht nur die hiesigen Förderungskosten sehr erschweret, weil bey jeder Grube einige Mann auf die Pumpen gehalten werden müssen, sondern in der Folge der Zeit auch den gesammten Bau aufläßig machen wird.

Auf dem einem Ottoischen Werk ist zwar ein Stolln angebracht, welcher aber nicht über etliche 10. Lachter Teuse einbringt.

Ein anzusetzender Hauptstolln, zu welchem anietzt ein Landesherrl. Vorschuß von 1000. Rthlr. der aber bey weiten nicht hinlänglich seyn wird, genehmiget seyn soll, dürfte auch überhaupt über etliche 30. Lachter Teuse nicht einbringen, und würde, wenn man sich nicht recht vorsehen möchte, dem Landesherrn oder einer Gewerkschaft, die ihn bauen wollte, wegen des hernach zu fodern haben wollenden Stollen Neuntels immer Schwierigkeiten machen, da ein bereits oben gemeldter Stolln existirt, der mit wenig Kosten die neben liegenden Gruben ejnen kann.

Da nun also die Besitzer der ietzigen Kohlengruben bey solchen Umständen entweder ihre Gruben mit denen besten Anbrüchen verlassen, oder frisches

Feld

Feld suchen müssen, der anzulegende Hauptstolln, der ohnehin mit denen Tag-
wassern viel zu schaffen bekommen wird, ihnen auch nur auf wenige Zeit
nutzbar seyn kann, hingegen alle Vermuthung da ist, daß unter dem itzi-
gen Flötze noch mehrere vielleicht bessere Flötze angetroffen werden können,
so ist zu verwundern, daß die Gruben noch mit keiner Kunst versehen sind,
worin allem Anschein nach keine hinlängliche Aufschlagwasser, wenn man sich
auch der Feldgestänge bedienen müste, herbeygeleitet werden können.

Auf solche Weise würde man hernach im Stande seyn den Bau auch
unter der Stollnsohle fortzusetzen, indem dergleichen Räder, wie bekannt,
die Wasser von einer Teufe von 150. Lachter heben, gleichwohln nicht mehr
Aufschlagwasser erfordern, als in einem Fluder, welches 1. Elle in Lichten
weit 3. Zoll hoch laufen (wenn man hier bedenket, daß ein dergleichen Rad
in 1. Stunde 300. mahl umgehet, und bey einer 12. zölligten Kolbenröhre
auf ieden Hub 84. Pfund Wasser ausgießt, so beträgt dieses in einem Jahr
2,200,000. Centner. Sollte hernach, wie leicht voraus zu sehen, auch die
Förderung erspart werden, so würde man eben auch Mittel an Handen
haben, wodurch selbige erleichtert würde.

Das bishero angeführte betrift den eigentlichen Bergbau, die came-
ralistische Verfassung in Rücksicht so vortreflicher Werke, denen es weder an
Mittel noch an Absatz, (welcher bis Holland erstreckt werden könnte) fehlt,
bedarf eben auch eine Umbesserung.

Die gegenwärtigen Besitzer der Gruben schleudern zu sehr mit ihren
Kohlen, und überlassen sich der Disposition der Flößer, welchen sie die
Tonne à 8. Centner zu 2. Gulden 45. Kreuzer rheinisch bis Cronach am
Wasser liefern, hingegen bey ieder Tonne 1. Guld. 6. Kreuz. an Faß à 36.
Kreuz. und Transport 30. Kreuz. baare Auslage haben. Das Faß hält 13.
Kübel, der Kübel kostet auf der Grube 5. Kreuz. 2. Pfenig. Rheinisch, 9. Mann
fordern wöchentlich: 4. Faß der Steiger bekommt 5. Batzen, der Arbeiter 4.
und der Junge 3. Batzen, Grubenarbeit wird das Lachter à 1. Gulden 30.
Kreuzer aufzufahren verdungen.

Um diesen Kohlenbau in bessere Aufnahme zu bringen, würde
nöthig seyn,

    1) mit den Gewerken überein zu kommen, wie viel Tonnen iährlich ge-
    fordert werden sollten (gegenwärtig soll der iährliche Betrag 2000.
    Tonnen gewesen seyn)

H

2) ent-

2) entweder eine ordentliche Landesherrl. bestätigte gewerkschaftliche Factorey anzulegen. oder

3) dieses Quantum von einer Gesellschaft nach convenablen Preiß semel pro semper in fester Hand nehmen zu lassen, welche alsdenn eine Steinkohlen-Factorey anlegte,

4) durch solche selbst die Niederlagen zu Frankfurt, Cölln ꝛc. dirigirte und

5) die Bestimmung des Preißes nach Befinden der Umstände in eigener Macht haben würde.

Hiernächst sind diese Kohlen zum Theil so beschaffen, daß sie auf der Halde in kurzer Zeit weiß anschießen, sich auchwohl von selbst entzünden, in denen Gruben ausschlagen und so scharfe Wasser erzeugen, daß sie fast ohne Zusatz versotten werden könnten.

Es stehet bereits eine Hütte zu Vitriol und Alaun völlig fertig da, bey welcher nur die Pfannen verkauft sind.

Diese müste vor allen angerichtet werden, wo man den besten Vitriol oder Alaun, oder beydes mit grossem Nutzen erzeugen würde, da es weder an Mitteln und Halden zu solchen, noch an Kohlen zur Feuerung, noch an Absatz ins Ausland durch die Flöße, fehlt.

Käme hernach noch dazu, daß die in der Nähe liegende Salzquelle, die aber kein Mensch noch gehörig untersucht hat, bauwürdig wäre, wie sehr würde man nicht Ursache haben, diese Steinkohlengruben zu schätzen. —

Ueberhaupt ist es ewig Schade um die Fürstl. Bambergischen Lande in Rücksicht dieses Faches — man verstehet wenig oder nichts vom Bergbau und Schmelzwesen, es ist keine gehörige Bergordnung eingeführt, und mir hat selbst ein Bamberger Beamter erzählt, daß, als sein Vater als Bergcommissarius über einen dergleichen Gegenstand seinen Bericht abgestattet, er durch ein Rescript angewiesen worden wäre, allererst die Terminos technicos seines Berichts näher zu erklären, ehe man darüber resolviren könne. —

Man hat zwar neuerlich einen Bergmeister in Kupferberg angestellt; zu einem Bergmeister in einem solchen Lande, wo gar keiner ist, der etwas davon verstehet, gehöret aber ein ausgesuchtes Subject, welches in dergleichen Sachen eine hinlängliche lange practische Erfahrung hat; ein Anfänger in dieser Wissenschaft kann hier keinen grossen Nutzen versprechen, so wenig als Räthe glauben können, daß sie durch einige flüchtige Reisen, alle Berg- und Hüttenmännische Weißheit eingesogen haben sollten. Die

Function

Function eines Bergmeisters ist in dem Land schon wichtig, wo um und neben ihm Leute sind, die er zu Rath ziehen kann, die, jeder in seiner Sphäre, das ihrige verstehen, und die selbst wissen, was sie zu thun haben, geschweige denn an einem Ort, wo der Vorgesetzte, und der Untergebene, keiner nichts weiß, und wo die verständigen Markscheider, Probierer, Schmelzer, Steiger, Zimmerlinge, Kunststeiger, Wäschsteiger, Bergleute rc. ganz selten oder wohl gar nicht anzutreffen sind; alle diese Leute auswärts kommen zu lassen, ist theils gefährlich, theils kostbar; man erhält Leute für vieles Geld, aber wie sind sie mehrentheils beschaffen? Der Fürst von Bamberg kann diesem Fach, in dem seine Lande so sehr gesegnet sind, nicht besser aufhelfen, als wenn er

1) ein eignes Bergdepartement festsetzt, und solches von andern Stellen ganz separiret,

2) die Bergrechte in Ordnung bringen und zum Fundamentalgesetz macht, (wo dieses nicht ist, werden alle auswärtige Gewerken abgeschreckt)

3) einige junge Leute sowohl zum Berg- als Hüttenwesen auswärts reel und nicht flüchtig studieren, (und zwar von unten, der Faustarbeit, an) und hernach reisen läßt,

4) auf verschiedene Metalle und andere mineralogische Producte, deren Spur zu vermuthen, Prämien bekannt macht,

5) die Bauenden mit gewöhnlichen Begnadigungen unterstützt, und

6) selbst alljährlich hierzu von denen Landeseinkünften, nicht aber von seinen Chatoullerevenüen, etwas aussetzt (denn bloß allein einige Kuxe nehmen, macht die Sache nicht aus.)

Diese Einrichtung, so kostbar sie scheint, würde sich in der Folge zum Besten des Herrn und Landes reichlich verzinnsen.

Der zeithero auf der Saigerhütte Grünthal betriebene Schmelz- und Saigerproceß, so wie selbiger von denen dasigen Hüttenbeamten selbst angegeben worden ist.

1) 63. Centner saigerwürdig Schwarzkupfer, von verschiedenem Gehalt und Qualität, sind zu einen ordinairen Frischen zu 84. Stück nöthig.

Wenn solche ausgezeichnet worden; so werden selbige auf einen hierzu aptirten Ofen, welcher einem kleinen Saigerofen nach der alten Art gleichet,

H 2

chel, zu 6. 8. und mehrern Schwarzkupferscheiben, auf einmahl aufs hohe nach und nach aufgesetzet, durch Kohlen angewärmet und wenn dieselben durchglühet, mit grossen Päuscheln in kleinen Stückgen gebrochen.

Bey diesen Kupferbrochen gehen gemeiniglich, 15. 16. bis 20. Körbe Kohlen auf, nachdem die Schwarzkupfer mehr oder weniger mit andern Metall und halb metallischen Theilen verbunden sind; dünne Scheiben werden kalt gebrochen.

2) Von diesem in Stücken gebrochenen Kupfer, werden und zwar von einer jeglichen Sorte, als deren in der ausgezeichneten Beschickung vorhanden, sowohl ihrer Quantität, als Qualität nach, so viel eingewogen, daß bey deren Zusammensetzung allemal zu einem Stück ½. Centner Schwarzkupfer heraus komme, hierzu werden 1½. oder 2½. Centner Bley (dieses bestehet theils in Frischbley, theils in Bley mit Silber, so beym Absaigern der Dörnerstöcke ausgebracht, und Glötte in beyden zusammen sind 72. bis 75. Quinten Silber:) vorgewogen, folglich sind, wenn ich hier 72. Quint. Silber annehme, in 84. Stück ordinair Frisch, wozu 63. Centner Schwarzkupfer und 231. Centner Bley erforderlich gewesen, 94. Mr. 8. Loth Silber.

Mit dem Reichfrischen hat es in Absicht des Kupfers und Bleyes die nemliche Beschaffenheit, nur bestehet der Unterschied bloß in Silber, dieser steiget wohl nachdem viel reiche Schwarzkupfer vorhanden, bis auf 100. Quint. und drüber.

Die davon ausfallende Kühnstöcke, werden zwar von denen Saigeröfen herunter genommen und klein gebrochen, damit dieselben, wegen noch darinnen befindlichen Silbers, aufs neue vorgewogen und beschicket werden können: das Werkbley wird vertrieben.

Dargegen zu einen so genannten Armfrischen wird auf 43. 44. 45. bis 46. Quint. in ½. Centner Schwarzkupfer beschicket und hierzu werden nur 1½. Bley zu einen Stück vorgewogen, das hiervon ausgesaigerte Bley, welches 4½. bis 4½. Loth Silber der Centner hält, wird nicht vertrieben, sondern bey Schwarzkupfern, die nicht in Centner über eine Mark Silber halten, als Zuschlagbley mit angewendet. Die Kühnstöcke, so von einen armen Frischen fallen, werden in Darrofen mit unter die Kühnstöcke, so von denen ordinairen Frischen fallen, mit eingesetzt.

3) Alsdenn werden die 84. mal ½. Centner Kupfer und 1½. Bley, für den Frischofen vorgelaufen, welcher vom Vorheerd an 2½. Ellen hoch, bey der Forme 18. Zoll, und forne 12. Zoll weit und im Lichten, nemlich von der
Forme

Forme bis an die Vorwand 1. Elle 9. Zoll lang und mit einem Vor- und
Stichheerd versehen ist.

Zu dieser Arbeit werden 12. Stunden Zeit erfordert und zwischen 8.
und 10. Minuten allemal ein Frischstück abgestochen, und darbey 33. bis
34. Körbe Kohlen verbrannt.

4) Hierauf werden die Frisch oder zu saigernden Stücke für die Saigeröfen gebracht, nach und nach darauf gesetzt und abgesaigert. Es befinden
sich hierzu allhier zwey doppelte Saigeröten, nemlich ein doppelter etwas
grösserer, und ein dergleichen kleinerer, ersterer ist auf jeder Seite, 3. Ellen
lang, und 1. Elle 15. Zoll breit, im Lichten (dieses ist der Raum, welcher
die Frischstücke jedes 5. Zoll von einander einnehmen; auf den grosen werden allemal 8. und 9. Stück und auf den andern 6. und 7. Stück aufgesetzt.)
Bey Absaigerung 84. Frischstücken werden 37. bis 40. Körbe Kohlen und
etliche Scheite Holz verbrannt.

Das Ausbringen bey Absaigerung 84. Frischstücken beträgt an Werkbley 206. 208. bis 209. Centner, darinnen 85. bis 86. Mark Silber, jeder
Centner hält 6¼. 6½. bis 6¾. Loth. Es verbleiben demnach in denen ausge-
saigerten so genannten Kühnstöcken, welche nun an Gewichte 66. bis 68.
Centner betragen, den wenigen Abzug und Schlacken, so beym Frischen
entstanden, Ofenbrüchen und Saigerdörnern, nach den obenangezeigten
Vorsaufen, an 94. Mark 8. Loth Silber und 131. Centner Bley, 9. Mark
Silber und 21-23. bis 25. Centner Bley zurück, welche bey Bearbeitung
vorher angeführter Producte, und derer so beym Darren der Kühnstöcke
und Gaarmachen, noch entstehen, dergestalt ausgebracht werden,
daß nur noch 1. Loth Silbergehalt in denen ausgebrachten Gaarkupfern
in einem Centner verbleibet. In der Rechnung aber beym Ausbringen des
Silbers, wegen der zu wachsenden kleinen Theilgen, so auf der Probirwaage
nicht anzugeben usuel; im ganzen aber bey einer wohl eingerichteten Schmel-
arbeit, hier anzubringen sind, nicht vermisset wird, eben so verhält sichs auch
beym Ausbringen der Gaarkupfer. Das in denen Producten zurück gebliebene
Bley wird gleichfalls durch die Dörnerarbeit und einmahliger Veränderung
derer Schlacken, größtentheils heran gebracht, (nach der gemachten Berechnung, kommt auf einen Centner Schwarzkupfer 6¼. Pfund, und auf
einen Centner Gaarkupfer 24¾ Pfund Bley verbrannt) und was noch in
denen hier abgesetzten Schlacken an Bles und wenigen Kupfer zurück bleibet,
wird zu Freyberg, bey der General-Schmelzadministration heran gebracht,

Q 3 daselbst

daselbst werden diese Schlacken bey der Bleyarbeit, theils wegen ihres sai-
gergehenden Flusses bey zu seisch gehenden Arbeiten, theils wegen des noch
darinnen befindlichen Bleyes und weniger Kupfern mit vorgelaufen.

5) Die bey denen Saigeröfen ausgebrachten 208. bis 209. Centner
Werkbley mit 85. bis 85. Mark Silber werden auf einen Treibeheerd, der
in Durchschnitt 5¼ Ellen hält, und mit einem Windofen und einer Haube
versehen ist, in zweyen mahlen vertrieben, auf einmal werden 104½. Centner Werkbley darinnen 42. Mark 8. Loth Silber und 4. Centner Schwarzkupfer, darinnen einmal mehr oder weniger Silber ist, ich will aber hier
4. Mark annehmen, beträgt zusammen 46 Mark 8. Loth, der hiervon ausfallende Blick, wiegt 50. bis 51. Mark, nachdem er mehr oder weniger der
Feine näher, welcher alsdenn auf einen auf Asche geschlagenen Rest für den
Gebläse fein gebrannt, und zur Churfürstl. Sächsischen Münze nacher
Dreßden eingesandt wird.

Von einem solchen aus 104½. Centner Werkbley bestehenden Abtreiben werden gemeiniglich etliche 80. Centner Glötte und etliche 30. Centner Heerd ausgebracht. Das Abtreiben ohne das Asch zu richten und Heerd
zu machen, braucht 19. bis 20. Stunden Zeit, bis zu seiner Endigung, und
wird hierbey 1¾. bis 2. Klafter ¾. elligtes Flößholz verbrannt.

6) Die von zweyen Abtreiben ausgefallene Glötte und Heerd, werden
für einen Ofen, der vom Vorheerd an 1¾. Ellen hoch, bey der Form 11. Zoll,
und forne 19. Zoll weit, und im lichten 1½. Ellen lang, übrigens mit einem
Stichheerd versehen ist, vorgelaufen, hierzu werden die sämmtlichen hiesigen Producten, nur das Darrosenzeug, die Gaar- und Bleyschlacken ausgenommen, so alleine jedes geschmolzen wird, als: die Saigerdörner,
nebst dem bey erstern vorfallenden Abstrich, ingleichen die Helfte des Darr-
Ofengeschürtes und Pickschiefers, von einem Darren, wie nicht weniger
die vorräthigen Ofenbrüche, nebst einigen Gekräz aus der Wäsche, und
über dieses noch 10. bis 15. Centner Schwarzkupfer, welches insgesamt
an Gewichte, 330. bis 340. Centner beträgt, vorgelaufen, und in einer Zeit
von 18. bis 20. Stunden über ein Zumachen geschmolzen, hierbey gehen 55.
bis 60. Körbe Kohlen auf.

Das bey dieser Dörnerarbeit durchs Absaigern ausgebrachte Bley,
hält der Centner 2½. Loth Silber, und wird als Zuschlagbley bey ordinairen
Frischen mit angewendet und die ausfallenden Kühnstöcke mit in Darrofen
eingesetzt.

7) Das

7) Das Darren wird in einem gewölbten Ofen, der 5. Ellen 21. Zoll lang und 3½. Ellen weit in Lichten ist, das Mittel im Gewölbe, wenn auf die Gassenmauer aufgesezt wird, ist 1. Ellen 17. Zoll und außn Seiten 1. Elle 7. Zoll hoch, die bey diesen Ofen angebrachten 4. Gassen, sind hinten 26. und forne 16. Zoll hoch, in besagten Ofen werden auf einmal 350. 360. Stück Frisch- und Dörnerkühnstöcke unter-einander eingesezet, diese betragen ohngefehr am Gewichte etwas über 200. Centner und es werden hiervon gegen 150. Centner gedarrte Kühnstöcke wiederum ausgebracht und dabey 2. Klaftern ½. elligtes Flößholz verbrannt, das Darren dauert gegen 30. Stunden, die gedarrten Kühnstöcke, werden glühend herausgenommen, in einem Sumpf kalt Wasser geworfen, und sodann vom Pickschieser, soviel nur immer möglich, gereiniget.

8) Endlich werden die gedarrten Kühnstöcke aufn großen Gaarheerd, welcher zeithero im Durchschnitt vom Windofen her ein 4. Ellen 9. Zoll lang und von der Oefnung an, wo die Schlacken ausgezogen werden, 6. Ellen 3. Zoll lang war, die Figur war oval, übrigens mit einem Windofen, Haube und zwey Vortiegeln zum Abstechen des Kupfers versehen gaar gemacht. Zu einem Gaarmachen werden 37. Centner gedarrte Kühnstöcke und 3. Centner Schlackenkupfer, zusammen 40. Centner genommen, (das Schlackenkupfer wird bey Veränderung der von dieser hier angezeigten Arbeit, enstandenen Schlacken erhalten, ist an und vor sich sehr unartig, daher dasselbe nur in einer kleinen Quantität kann zugesezt werden) in Zeit von 14. bis 15. Stunden kann die Arbeit geendiget werden, und dabey gehen 3½. Klaftern, ½. elligtes Flößholz auf, (dieses Angeben ist aus 265. mal Gaarmachen genommen.)

Das Ausbringen des Gaarkupfers ist nicht immer einerley, es richtet sich nach der Qualität derer im Vorlaufen befindlichen Kupfer, daher man den Ausfall auf 40. Centner Ausbbringen aus verschiedenen Jahren nehmen muß, dieser an 30½. Centner von einem Spleiß ausgebrachtes Gaarkupfer, darzu 37. Centner gedarrte Kühnstöcke und 3. Centner Schlackenkupfer gekommen, angegebene Ausfall, ist aus 265. mal Gaarmachen, in einer Zeit von 10. Jahren genommen.

Es ist auch hier noch anzumerken, daß in Zukunft das Gaarmachen, auf einen neuerbauten Ofen, welcher im Diameter 5½. Elle hält- und rund ist, übrigens mit einem Windofen, Haube und Vortiegeln versehen, verrichtet werden soll, worauf 50. Centner incl. des Schlackenkupfers sollen gesezet werden.

Ent

Entwurf wegen besserer Benutzung derer Kupferhämmer
zu Grünthal in Sachsen; nebst Vorschlägen zur besseren Benutzung des Kupfers auch andern Ländern und Kupferhämmern zur Auskunft.

Die Ausschmiedung derer Kupfer in denen Kupferhämmern bey der Saigerhütte Grünthal wird, wie von hundert und mehr Jahren her geschehen, durch gewisse verpflichtete Hammermeister verrichtet.

Es funden sich zu der Zeit, als das geschmiedete Kupfer à 29. Rthlr. stand, einige Personen, die folgendes fürschlugen.

Sie behaupteten nemlich, daß auf der Saigerhütte ein jeder Centner geschmiedet Kupfer vor

29. Thaler — —

verkauft werde. Es kostete aber nach beygefügter zuverläßigen Ausrechnung sub A. jeder Centner Kupfer zu schmieden

2. Thlr. 21. Gr. 5. Pf.

Wenn man nun solche von obigen 29. Thlr. abziehe; so verbleibe auf jeden Centner nur

26. Thlr. 2. Gr. 7. Pf.

übrig, und hierüber zeige der Extract sub B. daß zu Unterhaltung derer Hammer- und Hammerschmiede jährlich 363. Thlr. an allerhand Kosten erforderlich und solche alle Jahr bey der Rechnung in Ausgabe verschrieben würden.

Ferner fänden sich von einer Zeit zur andern an die 10000. Thlr. Schulden, vor verkauft Kupfer, davon alljährlich 500. Thlr. Interesse verlohren giengen, dasjenige, was an Capital selbst eingebüsset würde, und auf Eintreibung dererselben gewendet werden müsse, nicht gerechnet.

Dieses alles war nach ihrer Meynung nun zu vermeiden, wenn die Saarkupfer an einige Personen, welche sich solches zu entrepreniren getraueten, überlassen, und ihnen die Hammer zu Ausschmiedung dererselben auf folgende Art und Weise eingeräumet würden.

I.

Möchte denenselben alle und jede bey der Saigerhütte in Vorrath befindliche Saarkupfer, auch was davon künftig zu gute gemachet würde, und zwar bey

bei ieden Schleißen, so bald die Ablieferung geschehe, ieder Centner vor 27.
Thlr. baar und ohne Reste zu bezahlen überlassen, auch, was an guten geschmiedeten Geschirr vorhanden, von ihnen mit übernommen und ieder
Centner à 29. Thlr. sogleich Zug vor Zug an den Factor zur Cassa bezahlet,
sonst aber auf der Saigerhütte niemanden an Kupfer etwas weggelassen
werden. Diese Gaarkupfer, wollte man

2.

In denen auf der Saigerhütte befindlichen Kupferhämmern verschmieden,
allerhand Geschirr, wie man solche im Lande brauchete, daraus verfertigen
lassen, und vor allen andern die Kupferschmiede im Lande damit versorgen, daß daran kein Mangel erscheine, auch selbe davon eher nichts ausser-
halb Landes verkauft werden, als wenn selbige im Lande nicht zu consumiren.

3.

Die Arbeit in denen Hämmern übernähmen dieselben gleichfalls, und
erkläreten sich anbey denen Hammerschmieden und andern Personen, so nöthig wären, den Lohn, so sie bishero bekommen, abzustatten, es würden
aber dieselben mit der Arbeit lediglich an sie und ihre Veranstaltungen zu
weisen und zu solchem Ende mit specialer Pflicht zu belegen seyn, daß sie sich
nach ihren Anordnungen richten, mit dem ihnen anvertrauten Kupfer ge-
treulich umgehen, und daraus gute tüchtige Waare, so Kaufmanns-Gut
sey, an allerhand Sorten, wie solche auf andern Hämmern geschmiedet
würden, als darauf es vornemlich ankomme, und sie deshalber fleißige Auf-
sicht zu halten nicht ermangeln wollten, verfertigen. Würden aber dieselben sich nicht dergestalt verhalten, daß man mit ihnen zufrieden seyn könnte,
so bedinge man sich die Freyheit, dieselben zu dimittiren und andere Leute, so
das Kupferschmiede-Handwerk redlich und besser gelernet, an ihrer statt an-
zunehmen, und zur Arbeit zu gebrauchen.

4.

Würde auch denen Hammerschmieden und ihren Gehülfen, die bithero
genossene freie Wohnung, das vor sie ausgesetzte Feuerholz und andere be-
neficia gleich denen übrigen Arbeitern auf der Saigerhütte noch ferner zu
gute gehen, auch daferne der Landesherr die Gaarkupfer unverarbeitet zu
seinem Bedürfniß zu sich nehmen, oder sonst die Hämmer nicht voll auf zu

schmieden

schmieden haben sollen, so würden denen Arbeitern die sonst gewöhnliche
Feyerschichten abzustatten seyn; die Gaarmacher würden aber dahin anzuhal-
ten seyn, die Kupfer tüchtig gaar zu machen, sich damit nicht an die Stunden zu binden, und also in der Arbeit zu eilen, auch nicht allzu viel Schlacken,
Kienstöcke und Gaarschlackenkupfer zuzusetzen, sondern vielmehr selbige und
sonderlich die gröste Obergaarscheibe, welche die allermeiste untüchtige Arbeit verursachte, dergestalt zu tractiren, daß die zurückbleibende Unart bey
dem kleinen Feuer in denen Hämmern zu gewältigen und eine tüchtige Ham-
mergaar zu erlangen, damit die Kupferschmiede mit guter Waare versorget
werden können.

§.

Bäte man sich dabey aus, die zum Schmelzen und Ausschmieden be-
dürfende Kohlen um den Preiß, wie sie bishero bezahlet worden, nemlich
jeden Kübel 3. gr. — nebst der benöthigten Asche, welche bey der Saigerhütte ohne dieß in Vorrath vorhanden sey, dabey man sich bemühen wollte,
sich mit allem Fleiß dahin zu bestreben, daß mit der Zeit, und wenn das
Werk völlig eingerichtet sey, an dem bisherigen Kohlenbedürfniß etwas er-
sparet werden möge.

6.

Und weilen bishero von den Kupferschmieden im Lande viele Klage geführet worden, daß die geschmiedete Kupfer von der Saigerhütte so gar
spröde ausfallen, und nicht geschmeidig sind, auch zum öftern bey der Aus-
arbeitung den Hammer nicht aushalten, und sie daher viel Schaden leiden;
So wollten sich die Entrepreneurs bemühen, die Kupfer vermittelst einiger
Vortheile im Schmelzen in besserer Qualität auszuschmieden, und dadurch
die Kupferschmiede klaglos zu stellen, welches denn um so viel eher geschehen
könnte, wenn der Landesherr geruhen wollte, daß alljährlich eine gewisse
Quantität e. g. 100. Centner Schwarzkupfer von denen Mannsfeldischen
Bergwerken, als welches die dasigen Gewerke, nach dem 51. Articul der
Mannsfeldischen und Eislebischen Bergordnung zu thun schuldig wären,
und bisher bloß um deswillen, weilen auf der Saigerhütte Grünthal bishero kaum die Freybergischen Gaarkupfer zu gute gemachet werden können,
unterblieben, auf jetzt bemeldte Saigerhütte bringen lassen wollten; Als wodurch nicht nur die Saigerkosten, sondern auch an dem darinnen befindlichen
Silber ein ansehnliches accresirte, dabey man sich aber dieses zugleich mit zu

bedingen

bedingen hätte, daß wenn das geschmiedete Kupfer nicht an Mann zu bringen wäre, der übrig bleibende Vorrath an Saatkupfer so gut als man könnte, ins Geld zu setzen verstattet würde.

7.

Erböthe man sich die Reparaturkosten bey dem Werkzeuge, so lange selbige durch eine Ausbesserung annoch zu erhalten, mit zu tragen, was aber von neuem anzuschaffen, oder anjetzo zu Verbesserung derer Werke vorzurichten nöthig und zu einem Hauptbaue gehöre, nemlich Amböße und Hilsen zu machen und zu verstählen, item Hammerstiele, Keile, geschmelzt Eisen zu denen Siegeln und Schrothaacken, ferner an denen Wassergebäuden, die Wehre, Fluder und Wände in denen Gräben, solches würde von der Herrschaft, wie bishero, zu übernehmen seyn.

8.

Weiter reservire man sich das so genannte Tannen-Holz, welches meistentheils verstocket oder verfaulet sey, und unter dem angestoßenen Holz sich mit befinde, zum Einheitzen in denen Radestuben, damit die Räder im Winter nicht einfrieren, ferner das Holz zum Brennspähnen in denen Hämmern, sowohl die überbliebene Brände aus dem Treibehause zum Auslaufen, wie bishero geschehen, ohne Entgeld.

9.

Was der Landesherr zu denen Hofgebäuden an geschmiedeten Kupfer nöthig haben sollte, würde um den bisherigen Preiß à 29. Thlr. vor ieden Centner abgefolget, auch

10.

Dasjenige, so an gekörnten Kupfer zur Münze in Dreßden erfordert würde, sollte um den gewöhnlichen niedrigen Preiß à 25. Thlr. 9. Gr. — vor ieden Centner geliefert werden. Weiten aber ieder Centner à 27. Thlr. angenommen würde, und man dahero bey solchem Kupfer auf einen Centner 1. Thlr. 11. Gr. — einbüsse, auch sonst die Arbeit vor Ausschmiedung derer Kupfer aufs genaueste gerechnet sey; so wollte man sich ausgebethen haben, daß

11.

denen Entrepreneurs die ausgeschmiedete Kupfer an die Kupferschmiede im Lande, und zwar, weil auf ieden Centner 1. Thlr. Accis, Geselte, leite, Fuhrlohn und andere Kosten erfordert würden, der Borg bey denen Abnehmern nicht zu vermeiden sey, auch dabey ein grosser Hazard, den Centner vor 32. Thlr. zu verkaufen freygelassen werde, darüber sich denn kein Kupferschmied beschwehren könnte, weiln sie bereits denen Verlegern in Leipzig, Dreßden und Freyberg, um deswegen, daß sie dargegen die besten Sorten von geschmiedeten Kupfer, auslesen können, auch dabey keinen Aufenthalt und Versäumniß haben, sowohl die Reisekosten ersparten, so viel unweigerlich bezahlet hätten.

12.

Die Niederlage derer Kupfer solte wie sonst von undenklichen Jahren her geschehen, in Freyberg gehalten, und von da ein ieder, der Kupfer verlangte, um obigen Preiß damit versorget werden.

13.

Von demjenigen Kupfer, so dem Landesherrn zu denen Hofgebäuden iedweder Centner à 29. Thlr. geliefert würde, bedinge man sich in Erwägung, daß wenn der Centner Saarkupfer vor 27. Thlr. bezahlet werden solle, man ratione derer aufzuwendenden Schmiedekosten noch Schaden habe, eine Provision von 2. Procent bey der Saigerhütte Rechnung in Ausgabe zu verschreiben, welche denn um so viel desto weniger bedenklich seyn könne, da bey dem Gloth und Bley, so vor das Oberbauamt in Dreßden komme, dem Factor allda gleichfalls so viel passire.

14.

Die gekörnte Kupfer würden dem Factor zur Saigerhütte überlassen dergestalt, daß er solche zur Münze liefern und dargegen das Geld davor in Empfang nehmen möchte; hingegen wären die Arbeiter-Löhne und der Abgang an Gelde auf sothane Kupfer, wie bishero gleichfalls gewöhnlich, in Rechnung zu passiren.

15.

Ratione des Landacciſes und Geleithes sey es bey dem, wie es bishero gewöhnlich gewesen, zu lassen, nemlich, daß ieder Centner verschmiedet Kupfer auf der Saigerhütte mit 9. Gr. der Centner, Saarkupfer mit 7. Gr. 9 Pf. vergeben werde, und dargegen der vormahln wider das Accis-Mandat de Anno 1682. eingeführte Accis an 6. Gr. — von Centner cessiren müsse, in Erwägung, daß selbiger weder in Leipzig noch zu Dreßden begehret würde, auch sothane Accis nach dem angehängten Befehle sub C. bereits abgeworfen worden.

16.

Das in der Merseburgischen Landes Portion und sonderlich zu Dobri-lugk aus dieser nichtigen Ursache, daß das Saigerhüttische Kupfer vor aus-ländisch zu achten, abgeforderte Geleithe an 10. Gr. von Centner sey gleich-falls abzustellen.

17.

Die abgenommene Kupfer solten mit dem Gelde, so im Handel und Wandel gänge und gäbe, auch vor Glühte und Bley in dem Oberzehenden-Amte zu Freyberg angenommen würde, bezahlet werden.

18.

Im Fall dieser vorgeschlagene Contract resolviret werden möchte, könnte selbiger auf 6. Jahr eingerichtet, selbigem auch mit annectiret werden, daß bey Endigung desselben denen Entreprenneurs die vorhandene geschmie-dete Kupfer zu verkaufen, die vorräthige Saarkupfer aber dem Landesherrn um den veraccordirten Preiß an statt baaren Geld mit zuzurechnen, frey gelassen sey.

19.

Daferne in denen Jahren, da dieser Contract stünde, wegen derer Krie-ges, oder Sterbensläuffte, auch andern extraordinairten Unglücksfällen, Was-ser, und Feuerschäden rc. die Kupfer nicht zu vertreiben wären; so würde entweder der Contract wieder aufzuheben, oder doch auf der Zahlung so punc-tuel nicht zu bestehen, sondern vielmehr nach Beschaffenheit derer Umstände, einige Nachsicht zu verstatten seyn.

20.

Caution würde bey diesem vorgeschlagenen Contract nicht nöthig seyn, weil die Kupfer Zug vor Zug, und ehe man noch davon etwas in die Hände bekommen, baar bezahlet würden, und was das überkommende bey denen Hämmern befindliche Werkzeug anbeträfe, so hätten Entreprenneurs, so sich dieses Werks unterziehen wollten, jederzeit weit mehr Kupfer in denen Hämmern, als was selbiges austrüge.

21.

Das Commodum, so der Landesherr erhielte, läge sich ex antecedentibus klärlich und unwidersprechlich am Tage. Und zwar

J 3   I. Die

I.

Die Emolumente, deren Betrag an Gelde man sogleich übersehen könne, auf ein Jahr wären folgende:

895. Thlr. 3. Gr. 4. Pf. würde erspahret an denen Schmiedekosten nach der Ausrechnung sub A.

363. Thlr. — . — fielen weg an unterschiedenen bey denen Hämmern aufzuwenden habenden Kosten Extract sub B. und

500. Thlr. — — an Zinßen von denen aussenstehenden Kupferschulden, welche nach diesem Project cessirten.

Thut

1758. Thlr. 3. Gr. 4. Pf. auf iedes Jahr.

II.

Ereigneten sich noch andere Vortheile hierbey, welche man nicht auf ein gewisses Geldquantum anschlagen und ästimiren wolle, gleichwohl aber vor die Landesherrschaft nicht weniger wichtig wären:

a) vermeide man dadurch alle böse Schulden, und die auf deren Extraction erforderlichen Kosten,

b) das weitläuftige und sehr dunkle Rechnungswerk bey der Saigerhütte würde dadurch mehr als zur Helfte eingezogen, wenn die über die Hämmer und Ablieferung angeschmiedeten Kupfer zu halten habende Berechnungen auf vorgeschlagene Art wegfielen.

c) Könne man auf solche Maaße, da die gemachten Kupfer, sogleich constant bezahlet worden, alle Quartale, ohne daß ein Aufwiegen vorgenommen werden dürfe, übersehen, wie die Nutzungen bey der Saigerhütte beschaffen wären.

d) Würden die bisherigen weitläuftigen Abrechnungen mit dem Oberzehenden und der General-Schmelzadministration, welche eben dadurch, daß so viel in Vorräthen und aussenstehenden Schulden gestecket, obscur gemachet worden, überaus erleichtert, und könne alle Quartal ein richtiger Abschluß gemachet werden.

e) Die Kupferasche in denen Hütten zu schmelzen, erfordere viele Kohlen und Arbeiter-Löhne, desgleichen auch

f) das Geträße in der Wäsche rein zu machen, ferner

g) das

g) das Umschmieden derer Ausschußkupfer an Schlägern und Eißen, indem manch Stück schadhaft werde, und die Kupferschmiede nicht alle ganze Gespähne nähmen, beträge ein ziemliches jährlich, welches so wohl, als was von den neugemachten Formen an Stl. 10½. Gr. bezahlt werde, ingleichen

h) Die Reise= und Zehrungskosten auf die Leipzger Messen täglich an 2. Gulden zu Eintreibung derer außenstehenden Kupferschulden, projectirter maaßen gänzlich hinwegfalle.

i) Viele andere Ausgaben, als da sind die Pässel= Schichten, welche sich wohl auf 200. Thlr. jährlich beliefen, die Kranken=und Bauschichten, ingleichen die Arzneyen rc. welche man allhier specifice nicht anmerken wolle, wären dadurch gleichfalls zu ersparen.

A.
Bey der Saigerhütte zu Grünthal

Wird ein Centner geschmiedetes Kupfer verkauft vor
29. Thlr. — —

Darzu aber wird an Schmiedekosten, wenn man alles nur aufs geringste rechnet, auf ieden Centner erfordert, wie folget:

16. Gr. — Denen Hammerschmieden auf ieden Centner Lohn (wiewohl auch schon ieder Centner auf 1. Thlr. deraccordiret worden.)

2. Thlr. — — vor 4. Kübel Kohlen ieden zu 6. Gr. — gerechnet.

1. Thlr. 5. Gr. 5. Pf. ereignet sich wenigstens bey iedem Centner Abgang im Schmelzen und Schmieden, wenn man nur 5. Pfund rechnet, iedes zu 5. Gr. 10½. Pf. ob gleich die alten Rechnungen besagen, daß wohl 7. Pfund auf einem Entr. abgegangen, wenn man gleich das Principium nur auf 4. Pfund geseet.

Thut

2. Thlr. 21. Gr. 5. Pf. Diese von obigen 29. Thlr. — — als vorausgeset, daß so theuer der Centner verkauft wird, abgezogen, verbleibet der Landesherrschaft auf iedem Centner mehr nicht als

26. Thlr. 2. Gr. 7. Pf.

Weil

Weil man nun insgemein ein Jahr dem andern zur Hülfe 1000. Centner Kupfer rechnet, so bey der Saigerhütte alljährlich ausgeschmiedet werden, welches denn nach Beschaffenheit derer Bergwercke künftig hin noch
wohl zu hoffen; so ist das jährliche Ersparniß
895. Thlr. 3. Gr. 4. Pf.

8.

Im Fall bey der Saigerhütte Grünthal, die Ausschmiedung derer Kupfer in denen Hämmern Entrepreneurs überlassen würde; so könten nach-
folgende Spesen, welche über die Schmiedekosten erfordert und in Rechnung verschrieben werden, jährlich erspahret werden.

182. Thlr. — —	Auswärmer-Lohn auf 4. Hämmer, jeden wö-chentlich 21. Gr.
48. Thlr. — —	an jährlichem Gedingegeld, 12. Thlr. auf jedem Hammer gerechnet,
14. Thlr. — —	an den so genannten Hosentuch-Geld 2c.
6. Thlr. — —	denen Hammerschmieden vor 12. paar Hirschlederne Handschuh,
8. Thlr. — —	die Feuermauern in denen Hämmern zu kehren, auf jeder 2. Thlr.
21. Thlr. — —	vor Zapfen, Schmiere auf die 4. Hämmer,
4. Thlr. — —	an hölzernen Keilen so bishero erfordert worden,
50. Thlr. — —	an kleinen Schmiedekosten ungefehr, ehr mehr,
50. Thlr. — —	als weniger, Zimmerlohn von Hämmerstichlen ein-zulegen und andern dergleichen Kleinigkeiten.

Thut
363. Thlr. — — .

C.

**Von Gottes Gnaden Friedrich August, König in Poh-
len 2c. Herzog zu Sachsen, Jülich, Cleve, Berg, Engern
und Westphalen 2c. Churfürst 2c.**

Lieber, getreuer. Der Einschluß weiset mit mehrern, was unter dem
Nahmen der sämmtlichen Kupferschmiede allhier und umliegenden Städten
wegen anderweitiger Veraccisirung des anhero kommenden und zur Saigerhütten

hütten schon vergebenen Kupfers, ingleichen vor dem ertauschten alten, un-
terthänigst gebeten worden. Wie nun von dem neuen Kupfer, wenn es zu
ermeldter Saigerhütte vergeben; allhier ferner nichts, von dem alten Kupfer auch gar keine Accise zu fordern; also hast du dich darnach zu achten, und
die Supplicanten klaglos zu machen. Daran geschieht unsere Meynung.
Datum Dreßden, am 20. Nov. 1716.

Löwenthal.
W. A. Ferber.

Unserm Geleits- und Accißcommissario auch Accis-Obereinnehmer zu
Dreßden, und lieben getreuen Heinrich Piemlgen.

Dieses Project wurde stattlich verworfen, denn alle Neuerungen sind
an und für sich verhaßt, lieber verkauft man den Centner Gaarkupfer für
24. Rthlr. und drunter, und büßt bey dem Lager wohl mehr als über 3000.
Thlr. jährliche Zinsen ein, denn im Jahr 1774. mit Schluß Quartal Cru-
cis waren allein an circa 2500. Centner Kupfer Vorrath, als

1271.	Centner	Gaarkupfer
294.	-	aufgearbeitetes
149.	-	in denen Hämmern
134½.	-	aufgelaustes
446½.	-	Bleche

wo man den Centner Gaarkupfer à 26. Rthlr, gekörntes à 28. Thlr, Blech
und aufgelaufes à 32. Thlr. ausbot, auch gerne einige Thaler fallen ließ.
Ueberhaupt ist das Sächsische Kupfer, das Mannßfeldische Kupfer ausgenommen, unter vielen andern das schlechteste, weil es äußerst unartig und
bleyisch ist, indessen wären doch wohl annoch Wege es zu verbessern, deren
ich ferner gedenken will, wenn ich vorhero diese kleine politische Bemerkung
gemacht habe.

Bey vormaliger Existenz des Cammercollegii gieng alles nach der gewöhnlichen Observanz; man hörte gerne zwar etwas neues, man sahe bald
die Nutzbarkeit, wenn sie da war, ein, aber, wenn eine solche Neuerung zum
Vorschein kam, so wurde der Ordnung nach nicht anders, als auf Bericht
angetragen; nun muß man wissen, daß in Sachsen jeder Beamte, ja fast
jeder Particulier, seinen Agenten in der Hauptstadt hat, diese Herren haben
Mittel und Wege auch in das innerste der Regue einzudringen, denn sie
sind mehrentheils selbst in denen Collegiis (ein Umstand, der wohl einmahl

K

denen

denen Großen, die auf das Wohl des Staats sehen, die Augen öfnen sollte? Fälle nun so etwas für, und befürchtet einer dieser Herren, daß sein Correspondent Schaden dadurch leiden könnte, so erfordert es die Freundschaft und sein schätliches Honorarium, daß er ihm davon Nachricht giebt, und ihm selbst die Mittel darbietet, wie er dieser Neuerung zuvor kommen könne; so ein Herr löst alle Befehle ab, überreicht den Bericht, weiß den Tag und die Stunde des Vortrags, überläuft zur gesetzten Zeit die Herren Minister und vortragenden Räthe und Secretairs, und sucht der Sache so eine Wendung zu geben, damit ja sein Principal in dieser Sache nicht beeinträchtiget werde, ja er ist vielmain im Stande, wenn die Sache nach seinem Sinn bey einer Instanz nicht durchzusetzen, sie bey einer höheren Instanz anzubringen und den Vorschlag rückgängig zu machen, wenigstens die Sache in die länge zu ziehen, damit sie endlich in Vergessenheit geräthe — ich will zwar dieses nicht allgemein behaupten, doch der ehemalige — ich will nicht sagen, beybehaltene Lauf der Sachen — war so, den man nicht bezweifeln wolle, sonst kann ich mehr als einen statum causse dem Publico bekannt machen, woraus ich das angeführte erweise — bey solcher Aussicht hält es wahrlich schwer, wie alle Verbesserungen an und für sich in Sachsen schwer halten, wenn nicht gleich von oben herein durchgedrungen wird, eine Neuerung einzuführen. Ich selbst habe Gelegenheit gehabt, die wenig dortige Particuliers wieder haben werden, das Ganze der Finanzverfassung einzusehen; ohne Projectmacher zu seyn, setzen meine geringen Talente mich im Stand, die Verbesserungen bey jeder brancke zu bestimmen; ich entwarf eine Tabelle, die ich ohne Scheu dem Publico darlegen kann, ich übergab sie, ohne weitere Absicht dem itzt regierenden Churfürsten durch den damaligen Cabinetssecretair Herren Geheimenrath von Ferber — was war die Antwort — Se. Churfürstl. haben es, um es durchzulesen, nach sich genommen — und dabey blieb es. Man kann sich freylich in solchen Fällen mit Particuliers nach dortiger Verfassung (der König von Preussen thut es aber wie man aus dieser Abhandlung sehen kann) nicht einlassen, indessen wäre es doch Aufmunterung für das Publikum, wenn solche Vorgänge nicht gar zu gleichgültig angesehen würden, wenigstens der gute Wille sollte auch hier nicht verachtet werden. — Die Finanzeinrichtung von Sachsen ist nemlich noch kein Muster von Systemen; der Unterthan ist auch noch nicht der glücklichste, so wenig als der Herr selbst, iedoch die Liebe, die dort der Unterthan für seinen Herrn hat, ist ein Muster für alle andere Staaten,

und

und wie vieles ließe sich da nicht machen, um Quellen aufzusuchen, dem Unterthan seine Last zu erleichtern, um dem Staat selbst mehr Gewicht zu geben, um das allgemeine Wohl zu befördern. — Jetzt sehe ich ein, daß ich
zu weit aus meinem Gleis gewichen bin, ich bitte den Leser um Verzeihung,
und kehre nun zu meinem Kupfer zurück, wo ich folgenden Vorschlag thue,
und die Erörterung Sachverständigen mit aller Unterwürfigkeit überlaße.

Ein Vorschlag zu einem geschwindern Debit der Sächsi-
schen Kupfer wäre folgender.

Man lege sich auf Rosettenkupfer und Ungarische Platten, die im Ausland
immer Abnehmer finden.

Ersteres wird gewöhnlich in Fässern zu 1100. und 550. Pfund Dreßd-
ner Gewicht verpackt, wenn es nach Hamburg gehet, wo es vielmaln starken
Abzug hat, und gilt im Mittel Preiß 50. Rthlr. bruco nehmlich 530. Pfund
Hamburger (530. Pfund Dresdner sind 500. Pfund in Hamburg.) Die
Fracht ist gemeiniglich von Dreßden bis Magdeburg der Centner 8. Gr. die
Zoll aber (wenn es kein Fürsten Gut ist) betragen p. Centner 12. Gr. Die
Fracht von Magdeburg bis Hamburg ist p. Centner 42. Gr. Ueberhaupt
bey einer guten Bedienung kann der Centner mit allen Spesen auf dem
Hamburger Lager gelegt 1. Rthlr. 12. Gr. zu stehen kommen. Was ferner die Hüttenkosten gegen die bisherigen, angeht, so ist die Vergleichung
der Kosten gegen einander beym Groß und Kleinen Gaarmachen in Betracht
des mehrern Kohlenverbrands und der mehr darauf zu verwendeten Kosten,
bey Ausbringung Eines Centner Gaarkupfers aufm kleinen Gaarheerde
auf 12. Gr. hoch mehr, gegen das Ausbringen Eines Centner Gaarkupfers
aufn großen Gaarheerde.

Die Vergleichung der Kosten gegen einander beym Groß und Kleinen
Gaarmachen, in Betracht des beym Kleinen Gaarmachen mehr entstehen-
den Kupferverbrands aber, ist auch nicht außer Acht zulassen, indem hierbey eine größere Menge Gekrätz erfolget, darinnen das zurückgebliebene Kupfer extendiret ist, als beym großen Gaarmachen, folglich bey dessen Zugut-
machung wiederum mehr Arbeitslöhne, Kohlen und Kupferverbrand sich
äusert, wozu der Umstand zufällt, daß das ausgebrachte Schlacken und
Gekrätzkupfer bey Kleinen Gaarmachen, ohne vorhero von neuem wiederum
gedarre

K 2

gedarret zu werden, nicht anzuwenden ist, dargegen kann dasselbe ohne vorhero besagte Arbeit zu passiren, bey Grosen Gaarmachen sogleich zu 3. Centner mit zugesetzet werden weil dasselbe zu einer grösern Menge guten Kupfers
gebracht, und durch das starke Feuer seine Unart fahren zu lassen gezwungen
wird. Ganz auf den Pfeng. bestimmt kann man dahero hier zwar nicht calculi-
ren, weil, wenn dieses geschehen solte, man vorhero eine eban so grosse Quantität Kühnstöcke von 40. oder 80. Centner als so viel zu 1. oder 2. grossen Gaarmachen erforderlich sind, auf kleinen Gaarheerden, gaar machen müste.
Vorläufig aber könnte man immer wohl annoch 12. Gr. zu den obigen 12.
Gr. zurechnen, zusammen also 1. Rthlr. Folglich ist 1. Centner aufm
kleinen Gaarherd ausgebrachtes Kupfer an Gelde um 1. Rthlr. höher an-
zuschlagen, als ein Cent. ausgebrachtes Gaarkupfer aufm grossen Gaarheerde.
Eine kleine Probe hat schon dieses einmahl erläutert. Es wurden nemlich 5.
Centner Kühnstöcke zu zwey kleinen Gaarmachen vorgewogen auf einmal
1½. Centner aufgesetzet, hiervon wurden von beyden

3½. Centner Gaarkupfer ausgebracht, demnach war,
1½. Centner Gewichte in dem Gekräte zurückgeblieben.

Dieses würde also bey 40. Centner Kühnstöcken aufm kleinen Gaarheerde zu gute zu machen 14. Centner betragen.

Dargegen bey 40. Centner Kühnstöcken incl. 3. Centner Zusatz von
Schlacken und Gekrätzkupfer, als soviel auf einmahl aufm grossen Gaarheerde eingesetzet wird, nicht mehr als 9. bis 10. Centner Gewichte im Gekräte
zurück bleibet. Also wenn 40. Centner Kühnstöcke aufm kleinen Gaarheerde
solten gaar gemachet werden, so ist beym Ausbringen ein Unterschied um 4.
Centner, obgleich zu diesen 2. kleinen Gaarmachen die besten Kühnstöcke aus-
gesuchet worden waren.

Was die Ungarischen Platten oder Hartstücke anbetrift, so sind zu
einem Centner an Kosten erforderlich 1. Rthlr. 1. Gr. 0. Pf. als:
— 11. Gr. 4. Pf. vor 1. Pfund Kupfer, so beym Einschmel.en des Kupfers
und bis zu Treibung der Hammergaare verbrennt und
verlohren gehet à Centner 26. Rthlr.
— 7. Gr. 6. Pf. vor 1. Korb Kohlen hierzu.
— 7. Gr. — denen Hammerschmieden, Schmelzer- und Schmiede-
Lohn.

1. Rthlr. 1. Gr. 10. Pf.

Nach

Nach dem Einkauf Eines Centner Gaarkupfers an 22. Rthle. in Schwarzkupfer und den oben berechneten Schmiedekosten, kommt alsdann immer noch ein guter Profit heraus, und was das beste dabey ist, so wird hierdurch der Vorrath verändert, so daß, wenn man einmal in der Kundschaft ist, solcher nie anzuwachsen braucht, wodurch man alsdenn in den Stand geseßet wird, auf den jährlichen Ertrag mit Zuversicht zu rechnen.

Die obigen Kosten vermindern sich auch noch um ein merkliches, wenn die Leute zu dieser Arbeit erst recht abgerichtet und eingeschossen sind, wenn das Spleißkupfer seine rechte Gaare erhalten, und weder ungaar noch übergaar ist, und wenn man hiezu Darckupfer verwendete, so müste fast gar kein Abgang fürfallen noch weniger nöthig seyn (wie manche thun) Glotte zuzuseßen.

Von Rösten.

Die Beschaffenheit des Röstens bey der Halßbrückner Schmelzhütte bey Freyberg in Sachsen kan hier dem lehrbegierigen vollkommene Auskunft geben, sie bestehet in folgenden:

A. Was den Rohstein anlangt,

so werden gewöhnlichermaßen 350. Centner, jedoch bisweilen nur 200. Centner auf einen Rost genommen, es könnten aber wohl auch 450. und mehr Centner darauf gebracht werden; hiezu sind nöthig

Drey Feuer, jedoch wird, nach Befinden, der schlecht ausgebrannte, nebst andern Rohstein, noch ins vierte Feuer gebracht.

Zum ersten Feuer bey 350. Centner Rohstein werden 8. Körbe, und bey einem mindern Quanto 6. Körbe Kohlen, ohne alles Holz, zum andern Feuer à. 350. Cntr. fast ⅓. Schrag. ¼. elligtes, bey einem mindern Betrag von 200. Centnern, ohngefähr ⅓. Schragen, und bey höherer Quantität von etwa 450. Centnern ½. Schragen dergl. Holz, und zum dritten Feuer das nemliche an Holz, ohne alle Kohlen, gleich beym zweyten Feuer verbraucht.

Das erste Feuer dauert fast 14. Tage bey 350. Centnern, bey einem mindern Quanto etwas weniger und bey einem höhern etwas längere Zeit, das zwey te und dritte Feuer erfordern die nehmliche Zeit, jedoch richtet sich solches alles nach der Witterung.

Weil hiernächst bey dieser Hütte die Anreicharbeit nicht getrieben zu werden pfleget; so cessiret hier, die wegen Röstung des Anreichersteins, etwa nöthige Anzeige von selbst, dargegen

K 3

B. Was

B. Was den Bleyſtein betrift,

ſo werden 100. bis 250. Centner auf einen Roſt genommen und hierzu
Drey, auch wohl vier Feuer gebraucht.

Zum erſten Feuer bey 250. Centnern, werden 2. Körbe Kohlen, und
eben ſo viel auch bey 100. Centnern Bleyſtein, ohne alles Holz; zum zweyten Feuer bey 250. Centnern ¾. Schragen und bey 200. Centnern nur ⅜.
Schragen Holz ohne Kohlen, zum dritten, und vierten Feuer bey 250. Centnern ledesmal ¼. Schragen, wäre der Bleyſtein aber etwas milde, auch
wohl ½. Schragen Holz, gegentheils ohne alle Kohlen, verbraucht. Das
erſte Feuer erfordert 14. Tage und iedes deter folgenden nur 10. bis 11.
Tage Zeit.

C. Was das Friſchleeg angehet

ſo werden davon auf dieſer Hütte gar dann und wann 100. bis 130. Centner gemacht und mit 3. Feuern geröſtet; zum erſten Feuer werden 6. Körbe
Kohlen ohne Holz und zum andern und dritten Feuer ledesmal ¼. Schragen
Holz ohne Kohlen erfordert; iegliches Feuer dauert 8. Tage, wann nemlich
der Roſt nicht über 130. Centner ſtark iſt.

D. Was den Kupferſtein angehet

ſo werden 50. 60. bis 80. Centner, nach dem der Vorrath ſtark oder ſchwach
iſt, auf einen Roſt genommen, und bekommt er

Acht bis zwölf Feuer, wenn er durchgeſtochen, auſſerdem aber wohl 18.
bis 20. Feuer.

Zu dem erſten Feuer werden 4. Körbe Kohlen ohne Holz, zu dem zweyten
und dritten Feuer 5. Körbe Kohlen, und ſodann durch alle Feuer durch zu
iedem 6. Körbe Kohlen, ohne alles Holz, bis er völlig gut gebrannt, erfodert,
und iedes Feuer dauert 2. 3. Tage.

E. Wegen des Kupferleeg, oder Sporſtein Röſtens

werden ohngefehr 30. Centner, als der Ausfall von der Arbeit, auf einem
Roſt genommen, welche dann 5. bis 6. Feuer erhalten, und iedes Feuer gebraucht Vier Körbe Kohlen ohne Holz, und dauert iedes zween Tage.

F. Wegen des Erz Röſtens

ſo werden auf einem Roſt 60. bis etliche 80. Centner Bleyglanz unter 20.
30. Centner dörres Erz zuſammen ohngefehr 100. bis 115. Centner genommen, und erhalten zwey bis drey Feuer, nach Beſchaffenheit der Witterung;
zu iedem Feuer wird ½. Schragen Holz und 6. bis 8. Körbe Kohlen erfodert,
und iedes Feuer dauert ordentlicherweiſe 8. Tage, auch wohl nach Beſchaffenheit der Witterung 10. bis 12. Tage.   ſenheit

Uebrigens wird von jedem Centner Rohstein und Felschleeg bey legli=
chen Feuer Ein Pf:nnig, oder durch alle drey Feuer 3. Pf. bezahlet; von
dem Bleystein durch alle Feuer zusammen a Centner 3. Pf. von dem Ku=
pferstein und Kupferleeg durch alle Feuer überhaupt von jedem auf dem Rost
gelaufenen Centner Sechs Pfennige, und von dem Erz bey jedem Feuer
einen Pfennig, mithfolglich bey zwey Feuren zween Pfennig. Was die
Größe derer Roststätte anbelanget, so ist ein Rohsteinröste im Lichten 13.
Ellen lang 5½. Ellen breit und 1½. Elle hoch; mit denen Bleystein und allen
übrigen Rösten hat es die nehmliche Bewandniß und wird allemal nur der
halbe Rost eingenommen, oder nur so viel darauf gebracht, als die Quan=
tität erfordert, und die andere Helfte zum Umwenden gebraucht.

Ein neuer Vorschlag zum Rösten des Kieß= und Kupfer=
Steins.

Was es vor unüberwindliche Schwierigkeiten im grossen Feuer machen
würde, den Kieß= und Kupferstein bloß durch äusserliche Hitze abzurösten,
siehet man im Probierfeuer, wo doch der Stein klein, der Sand zerrie=
ben, wo er oft umgerühret wird, wo er unten und oben in gleicher, leicht zu
regierender Hitze stehet. So bald er durch etwas zu starke und zu frühe
Hitze zusammen sintert, oder gar schmelzet, ist das weitere Rösten vergeblich.
Man lasse ein Stück Stein einer welschen Nuß groß etliche Tage in solchen
Röstfeuer, es wird innwendig einen rohen Kern behalten; und bey den sorg=
fältigsten nur berührten Handgriffen bringt der Probierer, nach Verschie=
denheit des Steins auf Probier Centner 6. bis 8. Stunden zu, und bleibt
doch oft ein Theil vererztes Metall übrig und die Probe wird falsch.

Es ist demnach kein anderes Mittel, als das Rösten eines solchen Stei=
nes durch Anzündung seines eigenen Schwefels zu bewerkstelligen. So
wenig aber ein einzelnes Stück einer harten und dichten, besonders einer
Steinkohle Feuer fänget, ohne gar bald wieder auszulöschen, noch weniger
wird ein dichter und viel härterer Kieß oder Kupferstein fortbrennen.

Liegt hergegen ein ziemlich hoher Haufen auf einander und zwar in
Stücken von mäßiger Größe, so erhitzen einander die noch zusammen liegen=
den Flächen dergestalt, daß solche in Tropfen zusammen zu schmelzen an=
fangen, auch wohl gar abfließen und eine Sohle setzen, dadurch werden an=
dern annoch Schwefelreiche Flächen bloß, und das innerliche Feuer conti=
nuiret,

nuiret, bis endlich die Stücken mit abgerösteten Steine überzogen werden, das Feuer matt wird, und auslöschet.

Die Wiederhohlung dieses Röstens geschiehet, indem die zusammen gesinterten oder zusammen geschmolzenen Steinklumpfen quer durch von einander und das innwendige annoch rohe, frisch anbrüchig geschlagen wird, da er denn durch das untergelegte Holz wieder Feuer fangen, und der Schwesel sich selbst durch sein eigenes Feuer verzehren kann. Wie das Feuer zu regieren, auch andere Handgriffe, ist hier zu berühren nicht nöthig, sondern nur dieses anzuführen, daß die hierauf feingerichteten Röststätten nicht den 6ten Theil des Raumes einnehmen, als die bisher gewöhnlichen, ja es ist zu behaupten, daß im Raum von 40. bis 50. Fuß lang und 34. Fuß breit, hinlänglich vor eine iede Hütte sey.

Hieraus folgt eine offenbahre Holz- und Kohlenmenage, auser der aber, ein fast noch grösserer Vortheil.

Da diese hohen und engen Röststätten so wenig Raum einnehmen, könnten solche ohne erhebliche Kosten mit einem leichten Wetterdache verwahret und dadurch verhütet werden, daß sich der abgeröstete Stein mit so grossem Verluste des Gehaltes bey Regenwetter nicht auslauge.

Dieses beträgt insbesondere bey niedrigen und weiten Röststätten gar was grosses und wird so leicht nicht jemand dieses in Zweifel ziehen, oder als was geringes ansehen.

Die Probe könnte allenfalls gar leichte gemachet werden.

Man überlege nur, wenn ein Stein, so viele Wochen unter freyen Himmel, von einem vielmahls vorfallenden Regen ausgelauget wird, und daß bey iedesmahligem Röstfeuer eine neue Vitrioleseirung geschiehet, was dadurch muß verlohren gehen. Hiezu kommt noch, daß ein mehemahls ausgelaugter Stein sehr matt im Schmelzen gehet. Ferner, daß bey einem flachen Rösten, das mehr an Holze und Kohlen braucht, sich viele Asche und anderer Unrath mit dem Steine vermengt, eine unnütze Schlacke macht, die niemals ohne Gehalt bleibt, und der bey der Roharbeit kaum zur Helfte wieder erhalten werden kann.

Man solte auch nicht glauben, was vor Hindernisse die kleinen an und in dem Steine hängenden ausgemergelten Kohlen machen. Sie geben keine Hitze und machen das Schmelzen ungleich schwerer, als wenn die schlimmste und unschmelzbarste Bergart damit vermenget wäre. Solche halb ausgebrannte Kohlenstübbe lieget in dem kleinen Steine besonders versteckt, und

macht

macht, daß wenn solcher allein verschmolzen wird, eine recht mußige A. t
sich zeiget. Es ist daraus zu begreifen, warum der Lech noch so reich an
Silber ist, da selbiger, wenn er von Bleyischen Kupferstcheu kömmt, kaum
½. Loth bis 3. Quent. halt, und gar nicht in die Saigerung kommen darf.

Nun ist also leicht zu verstehen, daß bey dieser Art zu rösten ein ansehnliches mehr an Metalle erfolgen müsse. Es wird nemlich dadurch das Aus-
laugen desselben gehindert, so oft Regenwetter einfällt, welches ein ansehnliches Quantum jährlich, und sehr vieles bey nassen Jahren und in den Win-
termonathen alle Jahr hindurch beträgt.

Uebrigens kann man bey solchen Röststätten auch den Versuch mit
Steinkohlen machen, und kommt es darauf an, daß der gröbere
Stein unten- und immer nach und nach kleiner oben darauf geleget,
endlich aber mit dem kleinsten oben gedecket, und hin und wieder eine Oefnung, vor den Zug des Feuers gelassen werde, so läßt sich das Steinkohlen-
Feuer seitwärts zum wenigsten anbringen, und der Stein von der durchstrei-
chenden Flamme anzünden, da denn so bald der Stein Feuer gefangen hat,
das äussere Steinkohlenfeuer abgeben kann. Im vorbeygehen gedenke ich
hier, daß meines Wissens Freyberg allein alljährlich circa 4500. Schraagen
Holz braucht, ein Bewegungsgrund, der bey denen allenthalben abneh-
menden Waldungen wohl ermuntern solte, auf dem Gebrauch der Steinkohlen durch verschiedene Versuche fürzudenken. — Es giebt ohnehin Steinkohlen in Sachsen genug, nur der Debit hat bisher die mehresten Baue
anstäßig, oder zum wenigsten schläffig gemacht.

Maaß einiger Oefen auf der Haltzbrückner Schmelzhütte in Freyberg.

Daselbst stehen 6. Oefen, von denen fünfe und zwar No. 1. 2. 3. 4. und
5. bezeichnet, zu der Zeit, da ich sie besahe, völlig gangbar, der 6te aber nach
Versicherung des Oberhütten-Vorstehers- wegen des schwachen Gebläses, wenig in Gebrauch war. No. 1. und 2. waren Bleyosen, von welchen
No. 1. bey ermangelnder Bleyarbeit damals kalt stund; No. 2. aber, eben
zugemacht werden solle. Wogegen der Rohofen No. 3. mit Roharbeit
ohne Kieße angelassen war und nebst dem No. 4. mit gewöhnlicher Roharbeit über die 2te Woche umgieng; No. 5. aber, so ein niedriger Ofen und
nach

nach Nieder-Ungarischer Art zur Frischarbeit erbauet war, damahls zur gewöhnlichen Roharbeit zugemacht werden solte.

Nach erfolgten Zumachen gedachter beyden Oefen No. 2. und 5. fand
sich bey selbiger Ausmessung, daß der Bleyofen No. 2. innwendig und zwar
hinten vor der Forme 1. Elle 11. Zoll, vorne an der Vorwand aber 21. Zoll
weit, und von der Form bis zur Vorwand 2. Ellen 6½. Zoll lang war, die
gemessene Höhe von der Forme weg bis auf die Spuhrsohle enthielt 21. Zoll,
die Weite der Spuhr auf der Sohle aber hinten 21. und vorne 11. Zoll; die
Weite des Ofens in der mittlern Höhe, war hinten an der Rückwand 1. Elle
9½. Zoll; vorne an der Stirnwand aber 21. Zoll. Zur Schachthöhe des ganzen innwendigen Ofens muß man hinten an der Rückwand von der Forme
weg, bis zu den Aufsatzmauergen 3. Ellen 17 Zoll; die Weite des innwendigen Ofens zu oberst von den Aufsatzmauergen weg, wurde hinten an der
Brandmauer 1. Elle 17. Zoll, vorne an der Vorwand aber 1. Elle 7. Zoll
und die Länge daselbst von der Brandmauer bis zur Stirnmauer 1. Elle 14.
Zoll befunden.

Dahingegen verhielt sich der Ofen No. 5. nachstehendes Maaßes: die
untere innwendige Weite hinten von der Forme war 1. Elle 16. Zoll, vorne
an der Vorwand aber 21. Zoll, die innwendige Länge des Ofens von der
Forme weg bis zur Stirnmauer war 1. Elle 23. Zoll, und die Höhe von der
Forme weg, bis auf die Spurrsohle maaß 1. Elle, dahingegen die Spuhr
auf der Sohle hinten 1. Elle, und forne 13. Zoll weit war; die ganze innwendige Schachthöhe, von der Rückwand abgemessen und zwar von der
Forme weg bis zum Aufsatzmauergen fand man endlich von 1. Elle 22. Zoll,
nicht weniger die Höhe von der Stirnmauer, von Gestübkeheerde von der
Brust angerechnet, von 2. Ellen 4. Zoll, und die Höhe von Heerdstein weg
bis zur Forme 17. Zoll.

Die Kunst ohne Gefahr reich zu werden, Innhabern
sächsischer Blaufarben-Werktreyen zur Nachricht.

Das Richterische Hauß in Leipzig hat beynahe seit Anfang des ietzigen
Jahrhundertes den Verschleiß der blauen Farben.

Die Gewerken müssen von Quartal zu Quartal ansehnliche Vor-
schüsse geben.

Die

Die Herren Richter zahlen den Werth der Farben allererst nach Verfluß eines Quartals und sind wahrscheinlich Verkäufer, Käufer und Expediteurs zugleich —

Lassen sich Lagergeld, Böttgerlohn, Nagel, Porto ꝛc. alles wieder ersetzen.

und genießen überdem eine Provision von Sechs Procent (eine Kleinigkeit —)

Jedoch diese Kleinigkeit betrug im Jahr von 17ten November 1770. bis den 16ten November 1771. da die Farbe eben nicht stark gieng, 14862. Rthlr. 6. Gr. 5. Pf.

Provision allein, ohne was an Preiß und andern gewonnen wird, —

Glückliche Leute, deren Väter dieses Geschäft einleiteten, welches denen Kindern Tonnen Goldes, ohne Mühe, Sorgen und Gefahr einbringt!

Historische Nachricht vom Sächsischen Vitriol-Oehlbrennen, einer Sache, die in manchem Land, bey der besten Aussicht noch ganz unbekannt ist, nebst einem Verbesserungs-Vorschlag.

1. Die Hauptabnehmer des ordinairen Vitriols auf denen Gebürgischen Werken in Sachsen waren seit etlichen 20. Jahren, die im Gebürge, und sonderlich, in Geyer, Johann Georgenstadt, Löbniz, Bockau und Lauter ꝛc. wohnenden Laboranten des Vitriol-Oels, und so lange mag es ohngefehr auch seyn, daß der ehemalige Hauptvertrieb des Vitriols nach Böhmen und andern Ländern, sich gänzlich abgeschnitten hat.

2. Das Pfund Oleum Vitrioli wurde im Anfange für 1. Ducaten, und sodann lange um 1. Rthlr. 8. Gr. auch noch höher bezahlet. Doch mag man damals dergleichen Waare in solcher Quantität, wie ietzo, noch nicht gehabt haben. Bis hieher aber hat sich solche von Zeit zu Zeit immer nothwendiger gemacht, und ist nun bey Färbereyen, und andern Manufacturen, wo man den besten Gebrauch davon machet, unentbehrlich.

3. Durch diesen Artikul ist solchergestalt häufiges Geld ausser Landes herein nach Sachsen, und sonderlich in das Gebürge gezogen, auch das Landesherrl. Interesse gar sehr damit befördert worden.

Dieser Artikul hat auch bis hieher einzig und alleine die Gebürgischen Vitriol-Weerker aufrecht erhalten müssen,

L 2

4) So

4) So wie der gute Gebrauch dieses Vitriol-Oels, und der Handel damit sich immer mehr und mehr ausgebreitet hat, und viele erst ganz arme Laboranten dadurch zu ansehnlichen Vermögen gekommen sind; so haben sich auch nach und nach und immer mehrere Leute im Gebürge auf Fertigung dergleichen Oels geleget. Vor 15. 18. Jahren konnte man kaum 10. iezo aber kann man gegen 40. dergleichen Laboranten und Oelbrenner zählen, ohne die zu rechnen, welche durch Verschleiterung der Waare und durch schlechten Haußhalt bereits zu Grunde, oder auch ausser Landes gegangen sind.

Hierdurch ist auch der Preiß des Vitriols von Zeit zu Zeit gefallen, und schon vor mehreren Jahren hat man von Haupt-Laboranten Klagen gehöret, daß sie nun aufhören müßten, weil das Pfund Oleum vor 14. bis 16. Gr. — verkaufet, und dadurch, und durch Verschleiterung der vielen neueren Laboranten dieses schöne, vors Land so nutzbare Gewerbe in gänzlichen Verfall gebracht würde. Diese Gefahr ist auch durch Untreue der Leute, die sich die Laboranten halten müßen, und durch diebischen Verschleiß und heimlichen Verkauf des Oels an schlechte Laboranten immer höher gekommen; ein grosser Schaden vors Land, vors Gebürge, und vor dasige von diesem Negotio abhangende Vitriol-Werker! —

Niemals aber hat man mehrere Klagen über den Vitriol-Handel gehöret, als iezhero. In der Leipziger Ostermesse 1714. wurde sogar das Pfund gutes feuriges Oleum vor 5. Gr. — verkaufet.

Dieses brachte damaln zu wege, daß

5) die wohlhabenden und guten Laboranten, auf Mittel dachten, wie dem Verfall dieses Negotii vorzubeugen, und zugleich die Waare wiederum in höhern Preiß zu bringen seyn möchte. Das beste Mittel solte ihrer Meynung nach seyn: einen Contract mit denen Vitriol-Werkern zu Geyer, Bewerfeld und Johann-Georgenstadt, auf 3. Jahre zu schlüßen, vermöge deßen allen zu fertigenden Vitriol abzunehmen, die Laboranten, welche mit Verschleiterung die Sache niedergebracht, auszuschlüßen, oder sich Sicherheit von ihnen zu verschaffen, wenn sie Mitcontrahenten seyn wollten, sich dem unter sich besonders zu errichtenden Contract gleichförmig zu verhalten, hauptsächlich das Pf. Oleum im Hause nicht unter — 8. Gr. — zu verkaufen, und dieses Negotium auf keine Weise fernerin Verfall zu bringen. Auf Seiten der Werker war man froh, diesen Contract mit Obrigkeitl. Confirmation zu Stande zu bringen.

So

So groß aber erst der Eifer der Laboranten hierinne war, so kam doch die Sache nach vielen auf ihrer Seite sich geäußerten Bedenken nicht zu Stande.

Unterdessen ist dieser Vitriolhandel immer schlechter geworden. Jeder führet häufige Klagen über die andern, dieser giebet jenem die Schuld, und einer wie der andere verkaufet die Waare in so niedrigem Preiß, wovon sie mehreren Schaden als Nutzen haben. Jeder suchet dem andern auszustehen, und Tort zu thun. Will auch der wohlhabende seine außer Landes geschaffte Waare nicht hingeben, und ist er auch im Stande, das Geld dafür einige Zeit zu entrathen, so muß er solche dennoch in schlechtem Preiß fahren lassen, wenn er die Waare nicht wieder mit zurück nehmen, oder sich damit vieler Gefahr aussetzen, und vergeblich einen höhern Preiß erwarten will.

Die Laboranten in Lauter sind die vornehmsten mit, und diese haben sich sogar entschlossen, ihre Brennhütten kalt stehen zu lassen, das Oleum aber, so sie zu Befriedigung ihrer besten Kunden nöthig haben, bey denen Laboranten in Bockau zu erkaufen, bey welchen sie 1000, und mehr Pfunde, ächte Waare à 5. Gr. — höchstens bekommen können, ohne zu wissen, wie sie es um solchen Preiß zu verfertigen im Stande sind. Bey dem zu schließenden Contract war freylich auf alle Weise viel zu risquiren. Die Laboranten waren mit Abnehm- und Bezahlung des Vitriols von 3. Werkern, an 3500. Centner wenigstens gebunden; aber konnten sie nicht voraus sehen, ob sie ihren Zweck mit Verkaufung des Oels in erhöhetem Preiß erreichen würden und wie lange sie die Waaren hinsetzen, und das Geld entbehren müssen, und der Vitriol alleine betrug auf ein Jahr gegen 8750. Rthlr. — Hölzer, Reiorden, und anders Gefäß, nebst Arbeiterlöhnen, machten auch einen starken Betrag.

Zu dem wollten viele mit in Contract treten, denen es am Vermögen fehlet; diese sollten so gut wie die wohlhabenden ihren zugetheilten Vitriol abnehmen und bezahlen, und sämmtliche Laboranten sollten, und mußten für einander haften und dem Contract in Solidum unterschreiben.

In Ansicht dieser Umstände konnte man fast voraussehen, daß die Sache nicht practicable war, so lange nicht

6) der Landesherr, eine Octroi oder ein Entrepreneur alles Oleum Vitrioli denen contrahirenden Laboranten in einem billigen Preiß abnimmt, bezahlet und ganz alleine damit handelt. Die Laboranten hätten alle Orte ihres Waaren-Preises wissen, in- und außer Landes genau anzugeben, und

E 3   kennen

keinem wäre alsdenn ferner erlaubet, an jemanden anders, als an dem
Entreprenneur, einiges Oleum abzuliefern oder zu verkaufen.

Als ich ehemaln in dieser Sache arbeitete, und selbst in Loco war, so
wurde nachstehender vieles Licht geben der Aufsatz angefertiget.

Es war nehmlich nöthig wegen dieser Sache in Lauter, mit denen allda
wohnenden Hauptlaboranten gründlich zu communiciren.

Dieselben bezeigten ein grosses Verlangen ein dergleichen Project aus-
geführt zu sehen. Denn einer wie der andere war entschlossen, kein Labora-
torium stehen zu lassen, weil sie sich nicht einmal ein Taglohn mehr damit
zu verdienen wüßten, sie klagten damahln sonderlich über 2. Aufkäufer Kaufmann Höhneten und Schuberten in Lauter, welche zeithero die Waare in
Bockau gekaufet, und damit allenthalben, zu grossem Schaden und zum
Nachtheil des Landes, die Preiße verderbet hätten. Sie wären dahero nun
ganz unumgänglich genöthiget, gar aufzuhören. Unter andern führten sie
an, daß dazumahln vor kurzem (es war Anno 1775.) Laukner und Consort an
einem ihrer Freunde zu Wien 4. Centner Oleum in einem ohnedieß elenden
Preiße, den Centner 70. Gulden — zu liefern verabhandelt hätten.

Der Aufkäufer Schubert hätte es nicht so bald erfahren, als er entschlossen gewesen, das prävenire zu spielen. Doch wäre es ihm nicht möglich gewesen, einen Tag eher als Laukner und Conf. nach Wien zu kommen;
denn beyde eilen gleich sehr, und treffen zugleich ein, kommen auch zugleich
beym Kaufmann zusammen. Schubert bot jeden Centner Oleum um etliche Gulden wohlfeiler, und dadurch nöthiget er jenen auch abzuschlagen.
Nach langem Kampf, und vielmahligen Abschlagen zu grossem Vergnügen
des Kaufmanns, welcher mit Lachen zugehöret, und nach langem Auctions-
mäßigen Handel obtinirt endlich Schubert, der die 4. Centner Oleum, à 50.
Gulden, statt erst behandelten 70. Gulden — hingegeben. Laukner und
Conf. aber mußten ihre Waare 30. Meilen wieder zurücke in eine andere
Fabrique schaffen, ehe sie solche verkaufen konnten.

Nach der Meynung dieser Laboranten nun, könnte diesen, vor viele
Menschen, vors Land, und vor die Gebürgischen Vitriolwerker, so schädli-
chen Umstände ganz gewiß abgeholfen, und alles zu grossem Vortheil wieder in Ordnung gebracht werden, wenn sich nur ein Entreprenneur finden
wollte, der mit Landesherrl. Protection alles Oleum kaufte, damit ganz
alleine handelte, und also damit ein Monopolium erlangte. (Ein Beweiß eines
nutzbaren Monopolii in einem Land, wo man allen Monopoliis Feind ist.)

Die

Die Gebürgischen Vitriolwercker würden dabeÿ auſſer aller Gefahr
geſetzet, und aufrecht erhalten.

a) Der Preiß des ordinairen Vitriols wäre beÿ jedem Wercke wie zeithero
à Centner auf
2¼ Thle. — — wenigſtens zu ſetzen.

b) Sämmtliche Laboranten wären recht wohl unter einem Hut zu bringen;
ſie bäten mit Verlangen, ſelber die Hand zu einem Contract und wünſchten
von Herzen die Sachen zu Stande zu bringen.

c) Das Hauptwaarenlager könte in Lauter errichtet werden. Dieſer Ort
liege zur Einlieferung vor ſämmtliche Laboranten ſehr bequem, und gleich-
ſam in der Mitte und an Hauptſtraſſen. Zu dieſem Lager wäre ein Buch-
halter oder Factor zu ſetzen, der die Handlung und Expedition vor ſeinem
Principal beſorgte.

d) Die Laboranten-Geſellſchaft machte ſich verbindlich, den Vitriol, auf
allen dreÿ Gebürgiſchen Wercken abzunehmen, und baar zu bezahlen,
dieſerwegen mit ſolchen einen Contract zu ſchlüſſen, und Obrigkeitl. con-
firmiren laſſen.

Dieſe Geſellſchaft lieferte dagegen

e) das Oleum, tüchtige gute Waare in das Hauptlager. Die Waare
würde in wohl verwahrten Flaſchen und Kiſten geliefert, und jeder La-
borant führte ſeine Zeichen, welches nebſt Nahmen auf Flaſchen und
Kiſten zu ſetzen wäre.

f) Sämmtliche contrahirende Laboranten zeigeten ſodann dem Entrepreneur die Orte ihres Verſchleiſſes in- und auſſer Landes, alle Fabriquen,
Freunde und Abnehmer, nach Pflicht und Gewiſſen aufs genaueſte an,
und ließen ſich zugleich verreden, nicht 1 Pfund Oleum beÿ anſehnlicher
Strafe ferner zuverhandeln, zu verführen, oder anders wohin zu liefern,
als in das Hauptlager.

g) Die Geſellſchaft der Laboranten, in Lauter, Bockau, Elter, Löſsnitz,
und Johann Georgenſtadt, würde auf eine gewiſſe Anzahl geſetzet, und
eingeſchränket, welche in ehrlichen, tüchtigen und geſchickten Leuten beſtün-
de, wie denn auch eine ordentliche Innung aufgerichtet werden könnte.

h) Das Pfund ordinaire Oleum feurige, ächte Waare, wollten die Laboranten damaln für

— 9. Gr. —

und

und das weiße, rectificirte Oleum das Pfund vor
— 10. Gr. —
ins Hauptlaager einliefern.

i) Würde Entrepreneur nöthig finden, mehrere Waarenlager in- und ausser Landes zu etabliren, um in solche die Waare aus dem Lauterer Waa-
renlaager zu beziehen, so müßte solches ohne Zuthun der Laboranten geschehen, denn diese lieferten die Waare nur ins Hauptlager.

k) Die Laboranten versicherten dabey heilig, daß Entrepreneur sonderlich
mit höchster Landesgerl. Protection mit der Sache glücklich fahre. Vorausgesetzt, daß das Oleum bey allen Fabriquen in, noch mehr aber ausser
Landes ganz unentbehrlich und die Waare, wenn die verderbliche Ver-
schleuderung, woran man bey den Fabriquen selber keinen Gefallen hätte
abgeschnitten, in nicht gar langer Zeit ganz gewiß in guten Preiß wieder
gebracht würde, und wären schon im ersten Jahre dabey etliche tausend
Thaler zu gewinnen, denn, wenn nur 3000. Centner Vitriol abgenom-
men, und consumiret würden, und davon
60000. Pfund Oleum
so die ohngefähre jährlich zu debittirende Quantität sey, eingeliefert, und
diese mit — 4. Gr. Profit debittiret würde, woran nicht zu zweifeln, so
mache dieses schon ein Betrag von
10000. Thaler — —

l) Die Laboranten könnten auch nöthigenfals genau und mit vieler Zuver-
läßigkeit, anzeigen, wie viel Oleum jährlich verthan worden, und noch
zu debittiren sey. Ueberhaupt hätte sich Entrepreneur den besten Erfolg
zu versprechen. Und hierzu sich zu wagen, wäre einzig und allein nur in
so ferne schwer, weil 20000. Thr. — baares Geld im Anfang darzu erforderlich sey.

m) Auf Befragen, was man von ausländischem Oleo zu befürchten hätte?
sagten sie, daß weder das Englische, noch das Böhmische die Probe
hielte. Jenes sey wie Wasser, und ohne Feuer, und also zu schwach, ohne
allem Geist, folglich zu vielen Sachen gar nicht zu gebrauchen, und dieses
zu dicke und unrein, wovon die Farben zu unlieblich ausfielen. Mit 1.
Pfund sächsischem Oleo wären 10. Loth, mit 1. Pfund Englischen aber
nicht 6. Loth Indigo zu präpariren, weshalb das Sächsische schlechterdings
auswärts nicht zu entrathen sey, und sollte das Pfund einen Ducaten
kosten. Vom Centner Sächß. Oleo, so nach Böhmen eingeführet worden,

den, wäre vorhero iederzeit rc. ½. Gulb. von Entr. zu geben gewesen, nachdem seit einiger Zeit der Fürst von Auersberg ein Käyserl. Königl. Privilegium gesuchet, und versprochen hätte, die Böhmischen Lande mit ianländischem Oleo zu versorgen; diese Böhmische Waare aber sey von Zeit zu Zeit sehr schlecht, ohne Feuer und gehörige Qualität befunden worden; und also wäre nun seit ein paar Jahren auf geführte Beschwerden der Käyserl. Fabriquen die Maut von 10½. — auf 2½. Gulden — gefallen, damit nur Sächsl. Oleum eingeführet würde.

v) Sämmtliche Laboranten wollten damaln auch gar gerne vor dem Berg-amte, oder einem andern Judicio erscheinen, und sollte man ihnen nur von dem hierzu bestimmten Tag zuvor Nachricht ertheilen. Sie woll-ten alles thun, was möglich und nöthig, um dieses Project zu Stande zu bringen, und ihr Brod vor sich, und die Jhrigen, ferner ehrlich zu verdie-nen, und als Leute, die sonst nichts gelernt, leben und ihre Steuern und Abgaben entrichten zu können.

Ueberhaupt bemerkte ich bey diesen Leuten, die Begierde thätig zu blei-ben, die Freude der Vortheile = deren sie entgegen sahen, und so ange-nehm mir diese Commission war, in der ich mit so vielem Vergnügen arbei-tete, so schmerzhaft war es mir, wenn ich sehen muste, daß dies menschen-freundliche und einträglich Negoce in der Folge liegen bleiben muste. (Hier hieß es denn wiederum nach dem ganz naiven Ausdruck — erst den Leuten das Maul geschmieret und hernach ihnen nichts hinein gegeben das Schicksal der meisten Commissionen dieser Art. —)

Indessen muß ich doch der Welt die damaln berühmtesten Laboranten bekannt machen, wenn nicht seit der Zeit schon einige davon ausser Landes gegangen sind.

Es waren

a) In Lauter.

1. Hr. Johann Gottfried Otto
2. „ Johann Christian Laukner
3. „ Carl Eßbig
4. „ Christian Gottlieb Hühnel
5. „ Adam Barth.

b) In Bockau.

6. „ Johann Gottlob Lorenz
7. „ Gottfried Heinrich Schneider

M   8. Hr.

8. Hr. Christian Heinrich Zech
9. ⸰ Carl Gottlob Enderlein
10. ⸰ Johann Gottfried Teubner
11. ⸰ Carl Gottfried Friedrich
12. ⸰ Gottfried Heinrich Schmidt.

c) In Johanngeorgenstadt.
13. ⸰ Christian Gottlieb Löwel
14. ⸰ Christian Zschilke.

d) In Teichwolframsdorf.
15. Hr. von Wolframsdorf.

e) In Zelle bey Schneeberg.
16. ⸰ Johann Gottfried Heinze.

f) In Wildenau bey Schwarzenberg.
17. ⸰ Christian Heinrich Ficker.

g) In Lößnitz.
18. ⸰ David Heinrich Eßbig.

h) In Geyer.
19. die Sandigischen Erben
20. Hr. Christoph Friedrich Stoß.

i) In Lanneberg bey Geyer.
21. ⸰ Christian Lützendorf, ist zwar arm, aber ein ehrlicher Mann.

Die Kunst Gold zu machen.

Es ist nicht nur allein, daß ich lerne Eisen und Stahl machen, ich muß auch den Leser anweisen, wie er Gold zu machen im Stande seyn kann — ich will den ganzen Proceß aufrichtig hersetzen, und wer mich verstehet, wird ihn ächt finden — Man treibe das Gold dergestalt in die Enge, damit man daraus eine Tinctur erlange; mit einem Tropfen dieser Tinctur ist man im Stande 70. Pfund anderes Metall, es sey welches es wolle, in Gold zu verwandeln — Eisen schickt sich aber am besten, dahero was man von solchem Gold in Cabinetten findet, mehrentheils auf Eisen tingirt ist.

Diese Kunst rühret ursprünglich aus Arabien her, und ist in der That probat —

Dieß

Dieß ist der Weg a priori ohne alle Hieroglyphica — a posteriori ist er fast in allen Landen; man findet das meiste Gold bey denen Eisenerden und unter der schwartzen Dammerde, auch in Leim und Sand; dergleichen Erden werden geröstet, gepocht, und amalgamiret und halten 25. Centner dergleichen Erden 1. Uncie Gold und 8. Loth Silber. — Hier muß es die Menge bringen — Im Fichtelgebürge hiesiger Gegend ist eine Art Steine, mit denen die Proben, von denen, die es verstehen, leicht zu machen sind, und man versichert, daß mancher alter Mäusefall-und Hecheltreträger so viel Steine zusammen getragen und NB. durch das Sonnenfeuer geschmolzen habe, daß seine Nachkommen anietzt Marquisate und Hertzogthümer besitzen, und Durchlauchtigkeiten sind. —

Auch findet sich in diesem Gebürg ein gelber Sand in dem Granit, den man fleißig aufsuchen sollte, denn er hält gleich dem in Peru und Mexico und dem in Saltzburg das Pfund 3. Loth Gold. — Hier heißt es mit Recht, suchet, so werdet ihr finden —

Denen Schwerhörenden muß ich überhaupt zuschreyen, daß, wo das Gold in seiner sichtbaren Gestalt als wie z. E. auf der Fürsten-Zeche ohnweit Goldcronach in Bayreuthischen, auf der Eule in Böhmen rc. auf weißen Quartz aufliegt, da kann jeder Gold finden, er müßte denn, so wie in einer nahen Reichsstadt Schwefelkies für Gold ansprechen, Güldische Silber — aus denen hat uns die Erfahrung das Gold heraus zu bringen gelernt, warum also auch nicht aus andern Minern?

Ist es ausgemacht, daß die Metalle wachsen, unreif, reif, überreif werden und vergehen, so sind Bestandtheile, die sie erzeugen — wer also diese kennt, der weiß wahrlich mehr, als ich — hoc sapientibus — wie wir Lateiner sprechen — Die Schwere und die Farbe ist nichts essentielles beym Gold; die Platine ist — schwerer, die Farbe zufällig, so wie Gallmey Kupfer NB. mit Augmentation zu Meßing macht — Aus dieser Erzählung folgern sich drey Wege Gold zu machen; der erste ist die aus Gold selbst zubereitete Tinctur; der zweyte ist das Gold aus bishero unbekannten Minern, Erden und Sand zu schmelzen, und die dritte künstlichste ist eine Tinctur aus denen Saamentheilgen, aus denen das Gold in der Erde generirt wird,

wird, zu verfertigen; der letzte Weg ist die wahre Alchimie — hier müssen
die vier Elemente herhalten, das Product muß durch keine körperliche Hitze
tractirt werden, und diese Tinctur, die man freylich in keiner Apotheke findet, gehet in das unendliche, nur wer sie hat, der muß die Kunst verstehen,
sie zu verdünnen — ich weiß zwar wohl, daß man mit Arsenic, Queckilber
und Schwefel Gold macht, aber bey diesem Proceß ist mancher in der Lehre
ertirt, also ist immer der erste nur gedachte Weg der beste, nur, daß der
Proceß etwas langweilig ist. Man fängt auch den Thau auf, präpariret
ihn in Pferdemist und digerirt ihn durch Pflanzensalze (die Pflanzen müssen
aber alle weiblichen Geschlechts seyn) dieser Weg gehet auch an, nur muß
man Obacht nehmen, daß kein Erdtheilgen darzu kommt, sonst ist der
ganze Proceß vergebens, so wie man auch hierbey dem Mondschein sorgfältigst ausweichen muß, denn der Mond ist überhaupt ein geschworner Feind
der Alchimisten. Thierische Ingredientien gehören gar nicht in solche Processe, die muß man sorgfältigst vermeiden; ausser Goldwürmer und Gold-
käfer, die nehme ich aus, denn so wie man aus dergleichen Insecten Farben
bereiten kann, so kann man auch durch einen Zusatz aus ihnen das Gold her-
ausbringen — Wer die Kunst verstehet, bey harten Gewittern den Schwefel aus der Luft zu firiren, der ist auch in dieser Sache weit gekommen, aber
dieser Schwefel bleibt doch nur ein blosses Hülfsmittel zur Zeitigung unrei-
ner Metalle — Wer die so genannten Jerrwische oder Irrlichter firiren
kann, der ist schon weiter in der Kunst gekommen, denn diese hernach purifi-
ficirt, so ist die Tinctur bald fertig, nur muß man diesen Proceß mit herme-
tisch versiegelten Gefäßen fürnehmen, sonst ist kein Spauß dabey. Ich
weiß zwar auch, daß viele auf Pulver arbeiten, aber die Tincturen sind all-
zeit kräftiger, dieß siehet man ja am Scheidewasser — Wer in dergleichen
Processen arbeiten will, muß sich des Trunks und der Frauenspersonen enthalten, dieß ist ein Hauptumstand — Wer die Kunst verstehet, verräth
den Meister nicht, und wer einmahl Gold machen kann, dem fällt es auch
nicht schwer kleine Brillanten in grosse umzuschmelzen, wo noch mehr her-
auskommt, auch gelbe Brillanten weiß zu machen, und denen ordinären
Muscheln Perlen — Saamen einzustreuen, wird ihm nicht schwer werden; es kommt alles nur auf die erste Probe, die geräth, an. —

Erklärung einiger Kupfertafeln.

Platte 1.

Grundriß von einem Hohenofen, deſſen Quadrat-Inhalt 24 Fuß 8 Zoll beträgt und in drey Abtheilungen als dem Mantel, rauhen Schacht und Kernſchacht aufgeführet.

a) Die Mantelmauer.
b) Füllung.
c) Rauhe Schacht.
d) Kernſchacht.
e) Creuzabzug.
f) Drateiſen, worauf der Kernſchacht ruhet.
g) Die Eckpfeiler.
h) Stehende Luſtröhren.

Platte 2.

A. Grundmauer A2 entgegengeſetzte Grundmauer nur 5' hoch in der Erde bis auf die Hüttenſohle. B. Gewölbe in der Radſtube hinter der Eſſe, der Hüttenſohle gleich zum Gang nach dem Schleifrade 18' lang. C. Moos-mauer 7¼ Fuß lang, 8 hoch, 2¼ ſtark. Ueber dieſe und die Radſtube wird bis an das Hauptgebäude Schwartendachung angebracht. Ab Schwelle zum Fachwerk, welches über der Radſtuben Grundmauer A2 69½ lang 12 Fuß hoch mit Schwarten zu verſchlagen. D. Angewöge, worauf die Zapfenklözer ruhen. E. Radſtube 69½ Fuß lang, 10 Fuß im Lichten weit. F. Blaſerad 12 Fuß hoch, 2 Fuß im Lichten weit geſchaufelt. G. Deſſen Welle 8 Fuß in der Radſtube und 19 Fuß im Gebäude lang, 2 Fuß ſtark. H. Kamm-rad 6 Fuß hoch, 8 Zoll ſtark zum I. Trilling des K. Schleifſteins. L. Bla-ſebälge 10 Fuß lang, 5 Fuß hinten 14 Zolle forne breit, ohne die M. 2¼ Fuß lange Deuten. N. Die Eſſe 12 Fuß breit, 14 Fuß lang, worinnen Nn Quatermauern und Pfeiler ſind. (iſt 9 Fuß hoch bis unter die Drath-eiſen und dann der Feuermantel gehörig hinauszuführen) O. Das Hammer-rad 12 Fuß hoch, 4 Fuß im Lichten weit. P. Deſſen Welle 9 Fuß in der Radſtube und 17 Fuß im Gebäude lang, 3 Fuß ſtark. Q Cranz und Ar-me an der Hammerwelle. R. Raum zum Hammergerüſte 16 Fuß lang. S. Der Hammerſtock 4 Fuß im Durchmeſſer. T. Seitenmauern 68½ Fuß lang.

lang, 12 Fuß hoch, 2½ Fuß stark, worinnen V. der große Thorweg 8 Fuß weit, mit einer Einlaßthüre, und W. der kleine Thorweg 5 Fuß weit, X. bemerkt die Fenster 2½ Fuß hoch, 2 Fuß weit, nur mit Eisenstäben. Z. Die anzubringenden Kammerthüren.

Nach diesem Grundrisse nun sind zu reguliren:

Sub D die Zeichnung des Zimmermeisters vom Dachstuhl Platte 3.
Sub O die Zeichnung des Zeugarbeiters Platte 4.

Der Kohlschuppen ist zu diesem Werk besonders anzulegen, wird 48 Fuß lang, 16 Fuß breit und 12 Fuß hoch, samt einem Anschiebling 10 Fuß lang, nach der Zeichnung   O und A

N o t a.

1) Platz zur Spritzen und Sturmfaß; 2) Kammer zum hölzernen Geräthe, 16 Fuß lang 6 Fuß breit; 3) Kammer zum eisernen Geräthe, 10 Fuß lang und breit; 4) dergleichen Kammer für die Hüttenleute; 5) Platz zur Waage und Handamboß; 6) Schlackenplatz; 7) Kammer zum Roh- und 8) Kammer zum Staabeisen, jede 10 Fuß lang und 10 Fuß breit.

Der Maaßstab von 80 Fuß Rhein. jeden zu 13 Zoll Leipz. gerechnet.

P l a t t e 3.

Riß zum Dachstuhl des Staab- und Frischfeuers.

P l a t t e 4.

Riß des Hammergerüstes.

N o t a.

Platte 10. und ein Stück der Platte 8. gehört zur Platte 9.

Nachricht an den Buchbinder.

Die Kupfertafeln müssen so gebunden werden, daß sie herausgeschlagen werden können.

✦✦✦✦✦✦✦✦✦

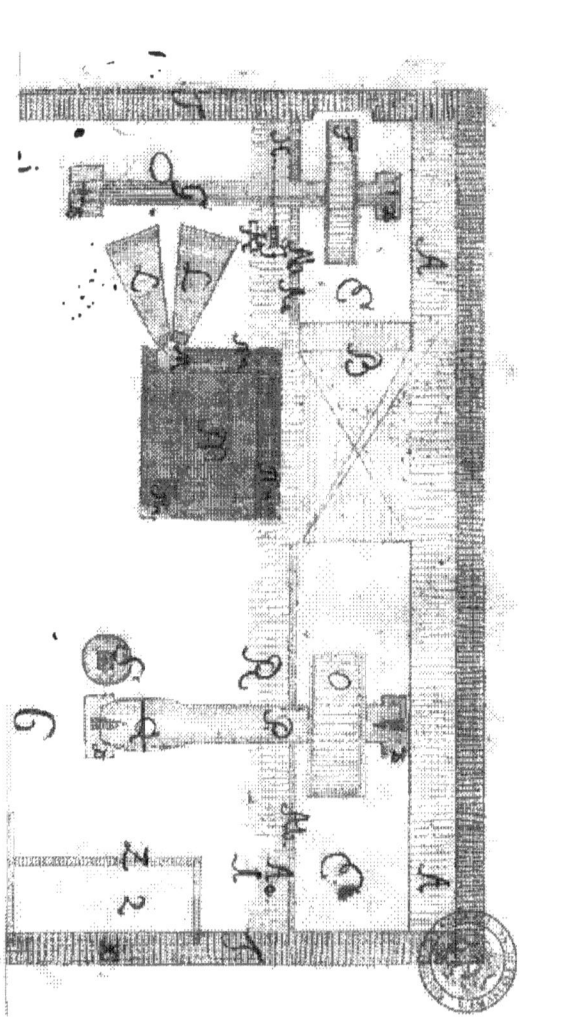

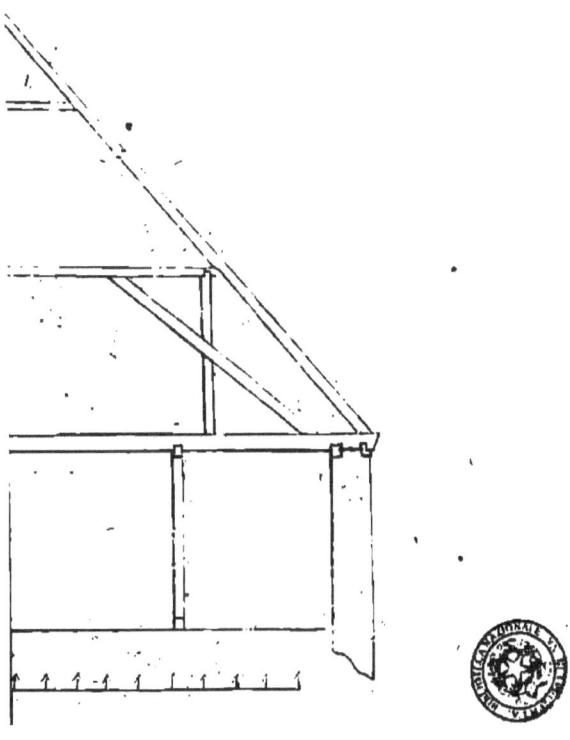

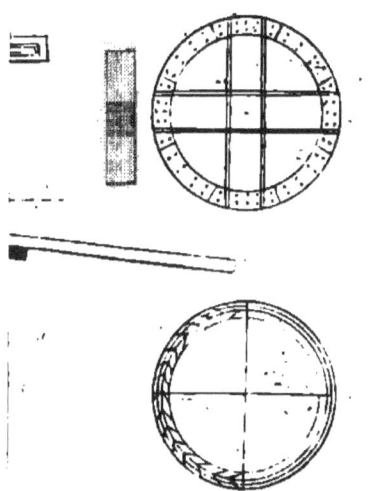

pag. 8. Platte 6.

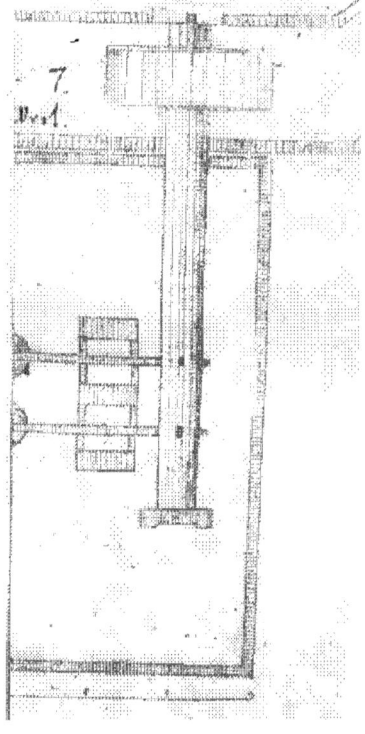

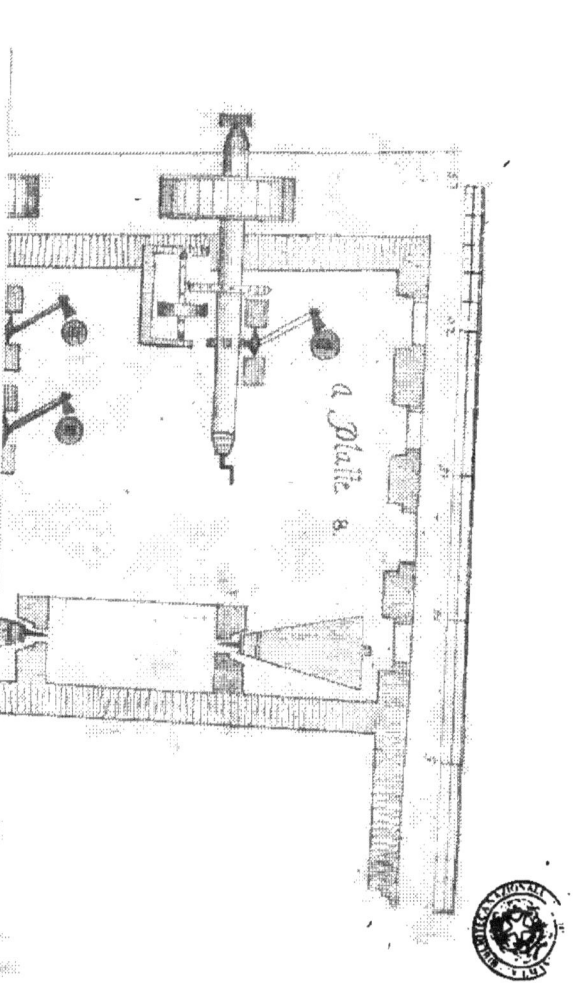

a Plate 8.

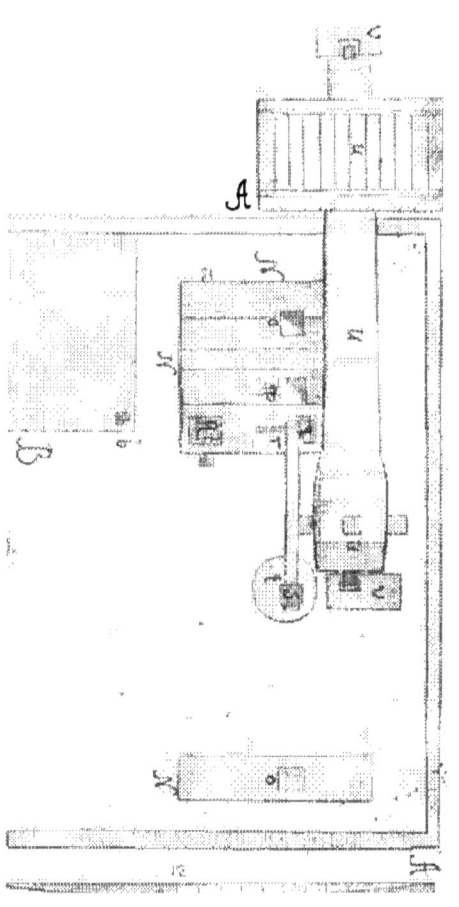

www.ingramcontent.com/pod-product-compliance
Lightning Source LLC
Chambersburg PA
CBHW020752020726
47495CB00008B/2400